もう一度、知的生活

松本 憲嗣

東京図書出版

まえがき：もう一度、知的生活

昭和51年に渡部昇一氏が『知的生活の方法』という新書を講談社から出されている。当時たまたま本屋でこの本を見つけて購入した。中学の頃から本屋の書棚を見るのが好きだったので、なんとなくいつものように空き時間に本屋を覗き、興味が持てたので買ったのだろう。そこにはハマトン、カントやゲーテなどの知的生活が紹介されており、そういう知的生活があるのを知った。また、夏目漱石や幸田露伴など文豪に関する話もあった。もちろん、渡部氏の知的生活の経験談や知的環境などにも考察があり、なるほど、と思ったものである。そして、読書や著作を中心とした知的生活に憧れたものである。

そのころ、たまたま学校の恩師宅を訪問した時に、この本のことを話題にしたことがある。知的生活を送りやすいのは学校の教師かな、という反応があったことを記憶しているが、教師になるつもりもなかったので、こういう生活は無理か、と思ったものである。カントは独身で男の召使いに世話をしてもらい、朝5時に起きて毎日規則正しく知的な仕事をしたそうである。本当の知的生活には家庭を持つことも邪魔ということになる。家庭生活に伴う煩わしさが知的生活の障害になるのである。また、その知的生活を支える経済的なバックグラウンドも必要になる。学校の教師でも仕事をしている限り、雑用も多く、本来の知的生活を送るのは難しいかもしれない。

普通の社会人は、仕事をして生活の糧を得、社会に対して独り立ちすることが、何をするにも大前提となる。まず、自分で食っていけなくては知的生活の自由もないのである。私の場合も、そう深く考えることもなく、学校を出て就職した。まず一人で生きることが最初にくるのである。誰かに養われている状態では本当の自由はない。つまり、自分が自由に生きていける恒産がないと純粋な知的生活は難しいのである。

社会人になって仕事を始めると、そこにはいろいろな目標や社会の仕組みが待ち構えている。もちろんそれらの選択は個人の自由であり、自分の自由を優先する人も多い。いろいろな職業もある。個人で事業をする場合は社会と直接対峙することになるし、組織の中で仕事をする場合は、その組織の目標に自分の行動を合わせる必要も出てくる。

例えば、企業に就職した場合は、そこから給料をもらうわけであるから、毎年の人事評価を無視するわけにはいかなくなる（なかには人事評価を無視する人もいるが、そういう人はその企業に居づらくなることになる）。人事評価は昇給と昇格に直結するから、必然的にその企業の目的に沿った仕事をすることになる。企業は競争に勝ち、利益を上げ続けなければ存続できないわけであるから、当然、そこで働く人に目的に合った働き方を要求する。つまり、半自動的に与えられた目的に向かって仕事をしていくことになる。

企業の中では、課長、部長というようにポジションが上がれば上がる程、給与もそれにともなって上がる仕組みになっているので、より高い給与を得ようとすれば（より安定した生活をしようと思えば）、必然的に出世競争に参加することになってしまうのである。つまり、社会が準備した目標、与えられた目標に向かって仕事をする場合が多くなる（もちろん、自分の生き方を堅持し、趣味などに生きている人もいるが……）。

普通の人は、給与がないと生きていけないから、主に社会に与えられた目標に向かって生活することになる。それを自分自身の目標と捉えている人もいるが、何十年も会社生活を送ったのち、定年になって我に返る人も多いのではなかろうか。

日常の生活に追われて、いつの間にか知的生活というもの、そのものの存在を忘れてしまう。私も、前半生の仕事を終わって我に返り、もう一度、知的生活について考える機会を得たことになる。幸い自由になる時間はたっぷりとありそうである。生活の方は、日本の場合、まだ年金制度があるので、贅沢さえしなければなんとか生きていけそうである。つまり、知的生活をするには、理想とは言えないまでも、かなり適した環境になっているのに気が付いた。そこで、どういう知的生活を計画するかは個人の自由であるが、自由度があるだけに、いろいろ考えるのも楽しいものである。

知的生活とは自分の知的領域（興味のある分野）の本を読んだり、自分なりの考察をしたり、物を書いたりすることであるが、学問を生活化すると言えるかもしれない。ゲーテは大作『ファウスト』を20代から死の直前まで書いていたと言われるが、知的生活が無ければ、とてもできないことである。小説家や学者は知的生活がなければ成り立たない。自分の興味のある学問を自分なりに進められるのが知的生活である。自分の内面の充実をはかることができる人間的な楽しみと言えるかもしれない。

会社生活をリタイアしたのを機に、もう一度知的生活に挑戦することにした。そうは言っても日常生活の用事はけっこうあり忙しい。自分の自由になる時間の一部を今までできなかった知的生活に割り当てたということである。やることは読書と執筆である。自分の興味のある分野が中心となる。やはり何と言っても、自分を含めた人間に興味がある。人間とは何者か。人類はどこから来て何処へ行くのか。進化論とは何か。今自分が考えているこの脳はどうなっているのか。限られた寿命の中でより良く生きるにはどうしたら良いのか。などを考えてその都度メモしてきた。

今回、リタイア後数年の間に書いていたことをまとめてみた。目次を見ていただければ、どういうことに興味を持って本を読み、考えていたかが分かって頂けると思う。現役退職後に読書を中心とした知的生活を楽しもうと考えている人には参考になるかもしれない。一つの例やヒントとして読んで頂ければ有難いと思っている。もちろん、「知的生活」「人間の世界」「脳科学」に興味のある人には参考になるところもあると期待したい。

もう一度、知的生活◇目次

第2章　人間の世界

第1章

知的生活へのヒント

読書の楽しみ

自然科学（科学技術）は、先人の発見や開発を受け継いで発展してきた。既に分かっていて、証明されていることを繰り返して研究する科学者はいない。そのような研究をしても、学会や論文にも発表できないし、世間的に意味が無いとされるからである。一方、人文科学は同じ対象（例えば、仏教を始めた釈迦など）の研究は、現在でも続いている。人文科学系の研究は、極端に言えば、「人間がいかに生きるか」を対象にしているので、研究に終わりがないのである（人間にとって、永遠の謎を対象としている）。親から子へ、自分が経験してきたことを全て伝えるのは難しいのである。子供は、恋愛なども自分で一から経験しなければならない。もちろん、他人の経験を聞くこともできるが、基本的には自分で初めて経験することになる。歴史上に存在した人間の誰もが、生まれてから初めての経験をしながら人生を終わるのである。

自然科学では、自分の研究分野に関係した過去の研究の成果は文献として残っており、先ずそれを勉強する。それをベースとして新しい研究を付け加えるのである。それでは、人文科学に関する文献とは何であろうか。それは歴史であり、小説であり、その他もろもろの昔の人が残したものであろう。もちろん、縄文時代の土器や昔の人の残した建造物などから、人間を知る手がかりも得られるだろう。しかし、最も手軽で、広範囲の情報や考え方が得られる方法は、古今東西の本を読むことではないかと思える。

人が直接会って話ができる人には限りがあるが、本を読むことによって、昔の人や世界の人と対話することができるのである。それも、自分の選んだ好きな時間に。人間の営み全般に興味のある人にとっては、これほど面白いことはない。読書の楽しみはこういうところにあるのだろう。もちろん、映画やテレビ、インターネットなどから得られる情報も多いが、読書を楽しむことができる人は、それを通じて、自分でもっと自分の考えを高められる人になると思われる。

休みの日の午後、自分の読みたい本を自分の好みの場所でゆっくり読むのは、至福の楽しみである。本は歴史書でも小説でも何でも良い。自分が楽しい（選んだ）もので良いのである。本を2時間ほど読むと、少し疲れてくる。そこで、立ち上がって部屋の中をブラブラ歩いたり、コーヒーなどを飲んだりするのも良い。続きを読み出して、午後いっぱい読書に充てるとたいていの本は読み終わったり、趣旨をつかんだりできる。もちろん、大部の小説などは、何回かに分けて読むことになるが。

今までの自分の読書の傾向を見ると、その時その時の自分の置かれた状況に影響を受けているように思える。また、一人の人の著作を読んで、自分の感性に合うと（感心したりすると）、その人の他の著作も読みたくなって集めて読む傾向もある。その人の感性にコミットするのであろうか。村上春樹氏はそういう読者を作ること（熱烈な支持者を作ること、多くの潜在読者を作ること）を静脈に麻薬を打つことに譬えている。中毒にさせてしまうのである。そういう読者は、新作が出るたびに本を買ってくれることになる。ベストセラー作家はそういう固定ファンをある程度の人数持っている人のことである。彼らはよく、私の読者という言い方をする。

人は人生の節目で助けてもらった人などを恩人と呼ぶ。同じように、その本に出会ったことで、人生が変わった、というような影響を与えた本のことを恩書と呼ぶ人もいる。人生のいろいろなことをその本から教わり、その人の人生に大きな影響を与えた本を恩書というのであろう。もちろん、一連の著作を通じて、人生のいろいろなことを学べた書物の著者を間接的な恩人と呼ぶこともできるであろう。広く、読書をすることによって、多くの恩人を手にすることができるのである。それらの影響を受けたであろう人格の持ち主が、ほかならぬ自分となる。

「あなたの友人を紹介してくれ、そうしたらあなたがどういう人か当ててみよう」と昔から言われている。同じように、読書も古今東西の人との出会いと捉えれば、「あなたの蔵書を見せて欲しい、そうすれば、あなたがどういう人か当ててみよう」と言えるかもしれない。人は自分に興味のあるもの、自分の感性にフィットする本を読むものだからである。もちろん、蔵書など無く、実学でいろいろなことを学び、立派な人格を作った人も多い。しかし、出会いの広さを考えると本での出会いは、古今東西に広がる。個人の人生では経験できない広がりを見せるのである。

考えてみると、いろいろな著者からさまざまなことを学んできたようである。山本七平氏からは、事実というものがどういうものかを学んだ。渡部昇一氏からは、読書人の奥深さと人生の生き方を学んだ。今自分の本棚を見回してみると、20人ぐらいの著者の本が幅をきかせている（同じ著者の本を多く買っている）。歴史書から脳科学まで幅が広いのが特徴か。

また、その人生の時期によって、多く買う本の著者が変わってきていて面白い。40年近くあったビジネスマンの時代は、専門の本やビジネスの本が幅をきかせていたのは当然であろう。興味が年をとるに従って変わってきているのが分かる。ただ、人間とは何か、ということはずっと興味の中心であるのは変わりが無いようである。

日常的に書くということ

小説家や評論家などプロで文章を書いている人は、１日のノルマを決めて、または書く時間を決めて継続的に書いている人が多い。文章は日常的に書くことによって上達もしてくるし、書けるようになってくる。そうでないと、なかなか文章に書くということは難しいものである。

昔、小説家を志す若い人が当時の文豪にアドバイスを乞うた時に、その文豪は言ったそうである。「毎日、決まった量の文章をかけるかどうかが重要で、毎日書くことが続けられなかったら、小説家にならないほうが良い。」と。当然、人には、興の乗らない日もあるだろうし、書くのが嫌な日もあるだろう。しかし、そういう日でも書き続けることが重要なのである、とのことである。

村上春樹氏は著書『職業としての小説家』の中で、「たとえば、これはあくまで僕の場合はということですが、書き下ろしの長編小説を書くには、一年以上（二年、あるいは時によっては三年）書斎にこもり、机に向かって一人でこつこつと原稿を書き続けることになります。朝早く起きて、毎日五時間から六時間、意識を集中して執筆します。それだけ必死になってものを考えると、脳が一種の過熱状態になり（文字通り頭皮が熱くなることもあります）、しばらくは頭がぼんやりしています。だから午後は昼寝をしたり、音楽を聴いたり、害のない本を読んだりします。そんな生活をしているとどうしても運動不足になりますから、毎日だいたい一時間は外に出て運動をします。そして翌日の仕事に備えます。来る日も来る日も、判で押したみたいに同じことを繰り返します。

（中略）

僕はその手の作業に関してはかなり我慢強い性格だと自分でも思っていますが、それでもときどきうんざりして、いやになってしまうことがあります。しかし巡り来る日々を一日また一日と、まるで煉瓦職人が煉瓦を積むみたいに、辛抱強く丁寧に積み重ねていくことによって、やがてある時点で『ああそうだ、なんといっても自分は作家なのだ』という実感を手にすることになります。そしてそういう実感を『善きもの』『祝賀するべきもの』として受け止めるようになります。」と書いている。

また、「長編小説を書く場合、一日に四百字詰原稿用紙にして、十枚見当で原稿を書いていくことをルールとしています。僕のマックの画面でいうと、だいたい二画面半ということになりますが、昔からの習慣で四百字詰で計算します。もっと書きたくても十枚くらいでやめておくし、今日は今ひとつ乗らないなと思っても、なんとかがんばって十枚は書きます。なぜなら長い仕事をするときには、規則性が大切な意味を持ってくるからです。書けるときは勢いでたくさん書いちゃう、書けないときは休むというのでは、規則性は生まれません。だからタイム・カードを押すみたいに、一日ほぼきっかり十枚書きます。」と書いている。

古今東西、古典といわれるそれなりの作品を残した作家は、基本的に毎日書いているのである。そうでないと２００ページの新書本の分量すら書けないであろう。小説家の中に、芥川賞などで華々しくデビューしても後が続かない人が多い。これは、まさに煉瓦職人が毎日こつこつと煉瓦を積むように毎日書いているかどうかが分かれ道になるのではなかろうか。

文章を書く、というのは勢いである。同じ人でもその時の体調や気分で書く内容に変化がでる。語調や書き方にはそれなりにリズムが生まれているのである。そのリズムにうまく乗って書かれたモノは読者にも伝わりやすいのではなかろうか。良いリズムで書かれたモノは読者にもスムーズに読まれていく。読みやすいのである。読者が読みやすい、というのは書き手にとって非常に重要なポイントとなる。何が書いてあるのか分からない文章ほど困るものは無い。

おもしろいことに、文章を書く人はその時その時の勢いで書いているので、著者本人にも、時を隔てて、同じモノを同じように書くことができないようである。書いたモノは時が流れるとともにその場所に置き去りにされるのである。まるで写真のようである。小説家が書いた原稿を大切に保管するのは、本人にも同じモノが二度と書けないからだと思える。自分が書いたのだから原稿を無くしてもまた書けるだろう、と考えるのはどうも素人の考え方のようである。

そういえば、こういう経験がある。作曲家が作曲の途中で、修正の為に書き直した数節をもとの楽譜に貼り付けていたところ、風でその貼り付けていたものが飛ばされ、必死になってその楽譜片を捜していたのに遭遇したことがある。作曲家は、やっとの思いでその楽譜片を捜しだし、もとの処に再度貼り付けて大きく安堵していた。その時は、自分が作曲したり修正したりしているわけだから、無くなった部分をまた作曲すれば良いだけではないか、と思ったが、どうやらそうではないらしい。自分が作ったものでも、その時にできたものなので、再度作り直すというのは大変なことになるようである。

作品ができるというのは、文学であれ、音楽であれ、絵画であれ、彫刻であれ、その時その場所その作者の状況などいろいろなものが組み合わさった、まさにその時にできるのである。まさにその時の勢いが作品になるのではなかろうか。音楽の演奏もそうである。音は生まれた瞬間に消えていく。名演奏と呼ばれるものは、その時のいろいろな要素が合致した瞬間に生まれるもののようである。

森村誠一氏も、予定を立てて創作活動をしているそうである。この作品は1日に何枚のペースで書いていこうとか、連載ものを何本か抱えている時は、ひと月のうちにそれぞれの連載に充てられる日数を割り振り、その日程の中で作品を書いていくそうである。作家と呼ばれる人の多くはこのようなスケジュールを持って創作していると思える。そうでないと、次々に作品が発表されないであろう。書くのに時間の蓄積が必要なのである。その毎日の創作活動の中から優れた作品も誕生するのである。

正論も休み休みに言え

世界では、一つの国が他国からの借入金を返却できない事態が起こったりしている。現在の一般常識では、人は借りたものを返すのは当然である、となる。世界の大部分はそういう一般常識をもとに社会が成り立っている。人のモノを取ってはならない、人を殺したり、傷つけたりしてはならない、というのが当たり前の話となっている。

しかし、それだけでは通用しない人間社会もある、ということである。そのところが分からないと何でも正論が通じると誤解することになる。国家間の戦争では敵国の兵隊を殺すことが正当となる。その時、平時の一般常識が通じないことになる。

人からものを借りても、返さなくても良いという社会はいくらでもある。中米やアフリカの国の中には金を稼ぐ人は自分の家族だけでなく、一族郎党を養うのが当然とされているところもある。日本でも明治時代には、金を稼げる人のところに一族の人間が居候しているのも不思議ではなかった。そういう状態では、人からもらったものは、当然にもらう権利があるもので、返す必要が無い、との論理が成り立つ。恩を感じて将来借りを返すかどうかは問題ではない。そうしたい人はそうすれば良いというだけである。義務ではない。

世界にはいろいろな民族や文化があり、自分達の考え方や価値観がどこでも通用すると考えるのは危険なことになる。世界の国の中には、自分達のグループの中に引き込んだモノ達が悪いのであって、その為に借りた（相手が貸した）金はその為の費用であって、当然返却する必要が無い、との理論も成り立つのである。

どの国や民族も長い歴史があり、その一断面である現在の状況だけを見て判断するのは間違っている、との考え方もある。過去に受けた恩恵の代償を今払っているのだという考え方もある。

戦争終結後の国家間の賠償問題も非常に難しいものになる。第一次世界大戦後の高額なドイツへの賠償請求が第二次世界大戦の引き金の一つであったと指摘する歴史家も多い。

理屈では通らないのが世の中であり、それは夏目漱石が『草枕』の中で言っている。「智に働けば角が立つ。情に棹させば流される。意地を通せば窮屈だ。兎角に人の世は住みにくい。」、と。

正論と個人が考えているのも、考えてみれば、その時代、その地域、その文化などが生み出した限定された状態での一つの常識だという認識が必要になってくる。自分が当然正しいと考えていることが、本当に正しいかどうか、を疑ってみることが重要である。そういう柔軟性がないと、正論と正義で人間社会を壊してしまうこともありうるのである。

戦前の日本は、民衆が軍部指導者の考え方が正しいと信じたから戦争に突入したわけであり、一つの考え方や正義に国民が同調したことが、戦争へとつながったと考えられないこともない。今、自分が考えている常識は、歴史的背景、社会的背景をベースに成り立ったものである。それらのベースが違っていると、全く別の常識があっても不思議ではない。人食い人種の常識は我々の常識とは違ったものであるに違いない。現在の常識や正論を疑ってみることも重要と思える。

芸術もそうである。何もしない人に誰かが金を払っていないとダメな場合がある。この場合などは世間一般の常識から外れていることになる。古来、絵画や音楽の優れた芸術家は、当時の貴族がパトロンとなり、生活一切の面倒を見ていたから活躍できたケースも多い。おそらく芸術家は、生活費を返そうということを考えてもいなかっただろう。100万人に一人の暇人に、誰かが金を払っているうちに、その中の誰かが優れた芸術を生み出す。計算を超えたところに意味があることもあるのである。もちろん、芸術家の中には、生活の困窮の中で優れた作品を残した人も多い。もともと、貨幣の世界に興味が無い（一般人の損得の感情を超えた）人も多いのである。

人間の考える範囲

人間が考える範囲はいろいろなもので規定されている。人は3歳ぐらいまではまだ脳も完成していない状態であり、とても一人では生きていけない不完全な状態が生まれてからも長く続く。考えることも人の成長に伴って増加してくるが、まずその人が話す言語に規定されてくる。人間は社会の中に入らないと生きていけないが、その社会の持っている文化（特殊性）がその社会で使われる言語の中に入っている。日本語で考えている以上、日本の文化の中で考えていることになる。言葉の影響はそこまで大きい。「祖国とは国語」と言った人もいる。

英語で考えている人は英語の文化圏の中で考えているし、ドイツ語で考えている人はドイツ語の文化圏の中で考えている。その土地に住んでいる人がその土地の言語で生活し、考え、家ができ、街並みができるのである。ヨーロッパの街並みは日本の街並みと違っている。その土地に合った家の形があり、その集合として街並みが出来上がる。これは、言葉が、すなわち文化が違うからである。

樺太の半分はかつて日本の領土であった。その時に多くの日本人が住み着き、家を建て、街並みが出来上がったが、日本のどこにでもある日本の町が出来上がっていた。太平洋戦争後、ソ連軍の侵攻でほとんど全ての日本人が日本本土に逃げ帰り、現在そこにロシア人が住んでいる。面白い事に樺太のかつて日本人が住んでいた街並みは完全にロシアの街並みに変化している。それは、そこに住む人間が、ロシア語を話し、ロシアの文化のもとで生活しているからである。

このように、言語と文化は密接に関係している。考えてみれば当たり前のことで、人は社会の中でしか生きられないので、社会とのコミュニケーションがどうしても必要となる。コミュニケーションのひとつの手段としてそこの言語が出来上がる。つまり言語はその社会を成り立たせている基本要素で、その言語を使っている限り、その言語を使っている社会に規定されているのである。その社会に無いことに対する言語は空想以外にその社会に存在しない。存在しない言語で考えることは難しいのである。

もちろん、人間は人間で変わりなく、どこで生活していても同じであるから、生活に関連する基本言語や基本的な固有名詞（例えば、リンゴや本など）は同じである。しかし、その土地に存在しないリンゴの種類の固有名詞はその土地には存在しない。また、さまざまな自然現象に関してもそうである。「津波」がそのまま英語で「tsunami」となっていたりする。感覚に関してもそうである。日本人が感じる「わび」や「さび」の感覚は外国人にはそれに対応する言葉もなく、実感として理解するのは難しくなる。「せつない」という感情も外国人に伝えるのは難しいだろう。

四季のある日本に住み、台風や地震などの災害が多い生活の中から出来上がってきた言葉で考えているのが日本人である。日本人なら共通して持てる感覚が、外国人には理解できないことも多いと思える。四季が明確に変化せず、年中晴天の多い砂漠気候の地域に住んだことがある。青空はいつも抜けるように青く、日本の湿気の多いジメジメした感覚が全く理解できないところであった。そこで、日本の梅雨の話をしても、そこに住んでいる人には実感を持って理解はできなかったであろう。皮膚感覚がないと想像しにくいのである。

逆に、日本語を使って欧米の哲学思想を理解しようとしても、日本語を使って考えている限り、根本的な文化の機微の理解が難しくなる。当然その思想が考えられた言語とその背景にある文化を理解しないとその思想は充分に理解できない。その哲学が発表された（考えられた）言語で、その哲学を考えた人物の置かれていた時代と環境や教育を考察しながら理解しなければならない。西洋哲学の勉強がおおむね語学（フランス語、ドイツ語など）の勉強から入るのも納得できる。

例えば、近代哲学の父と呼ばれているフランス人のデカルト（１５９６－１６５０）について考えてみる。彼が生きた時代は、日本で言うと関ヶ原の合戦（１６００）から徳川家康が江戸幕府を作り上げた時代に相当する。その頃西洋では、コペルニクスの地動説の提唱（１５４３）やガリレオの落体の法則（１６０４）などが提唱され、中世から人々が信じてきたキリスト教（世の中の全てのものは神が創造した）と新しく分かってきた自然科学とをどう折り合いをつけるかが問われた時代であった。ガリレオが主張した地動説が異端として有罪判決を受けたりしたのである（１６３３）。

デカルトは、キリスト教文化が一般的な社会に住みながら、当時の新しい発見をベースに世界の成り立ちや自分自身を考えようとした。その結果、絶対普遍の真理は結局自分の中にしかないのではないかと考えたのである。故に、「我思う、ゆえに我あり」という言葉が出てきたと思える。世界の全てのものが存在していないとしても、それを疑っている「私」はたしかに存在している。デカルトの思想も彼が生きた時代とその当時のフランスや欧州を支配していた一般的な考え方に大きく影響を受けていたのである。

自分が進歩し続けられるものを持つ

音楽や絵画、文学などの分野で、一般に芸術家と言われる人には、年をとっても活躍している人が多い。その理由はいろいろと推察できる。もちろん、自分の好きな得意とする分野の仕事をしているので、楽しい、ということがあるだろう。と同時に、毎日自分が進歩し続けられるものを持っている、ということが大きいのではなかろうか。良い作品を作りたい、という目標があり、それに向けて自分を毎日進歩させるのが、その人を高めている。

河合隼雄氏（元京都大学教授、文化功労者）の自伝（『河合隼雄自伝―未来への記憶―』新潮文庫）の中に面白い一節がある。河合氏は京大理学部を卒業後、高校の数学教師になるのだが、その時に風格があって尊敬している国文学の先生に相談したとのことである。その時にその先生が言われたことは、

「中学校とか高校の教師は同じことを教えているので自分たちが進歩しなくなる。なんにも進歩しない人間というのは魅力がない。自分は国文学についていつも研究している。それは学界

から見れば大したことないかも知らんけれども、自分なりにずっと研究は続けてきている。自分がどこかで進歩しているということを、中学生、高校生にはなにも教えないのだけれど、みんな感じているんじゃないか。だから、べつに数学でなくてもいいから、自分が進歩し続けられるものをしっかりと持っている限りは高校の教師になってもいいと自分は思う」ということだったそうである。

このアドバイスで、人間の「こころ」に強い関心をもっていた河合氏は、高校の教師をしながら心理学の勉強を始め、日本におけるユング派心理学の第一人者になられている。臨床心理学者として独自の視点から日本の文化や社会、日本人の精神構造を考察し、文化庁長官も務められた。その当時、日本に無かった分野を独学や学べるところを自分で探しながら研究を続けられたのである。

意志のあるところに道が開ける、同時に自分を高めることができるということである。その時、自分に合った楽しめる分野を見つけ出すことが重要となる。孔子の『論語』に「これを知る者はこれを好む者にしかず、これを好む者はこれを楽しむ者にしかず」がある。楽しむ境地まで至る積み重ねができれば、充実した人生を送れるということか。

自分が進歩し続けるものとしての対象は高尚なものである必要はない。何でも良い。趣味でも良い。自分の進歩が楽しく、打ち込むことができれば良いのである。結果よりもその努力の過程に楽しみが存在するのである。我を忘れて没頭できる対象を持っている人は幸せである。少なくともその間だけは、人生の悲劇を忘れることができる。

例えば、ゴルフ。ゴルフをやらない人からみれば、何故そんなにスイングやパターの練習をするのか、不思議に思えるものである。しかし、やっている本人は真剣にフォームや打ち方を研究し、少しでも上手になろうと努力する。その過程で、努力が報われてたまにうまくいくと大きな喜びが得られるのである。これは、やっている人にしか分からない。いろいろな趣味で、皆一生懸命努力するのもその為である。

旅の効用

旅は何といっても、日常生活から脱出するという非日常性に意味がある。そこでは、いつもと違う環境でいつもと違う判断が要求される。環境も新鮮ならば、それに対応する自分も日常生活から離れて新鮮になる。人はリフレッシュされるのである。いつもと違う世界を見、違う世界があることを再認識させられる。今まで見たことのない景色を見たり、旅先の雰囲気を感じたりすることは、もう一度自分を見直す機会にもなるのである。

旅は３回楽しめる、と言われている。まず、旅に出るまでの楽しみ。旅の予定を立てたり、何処へ行くかを考えて事前にいろいろと調べたりする。何を見ようか、何を食べようか、どのお土産を買おうか、などを考えながら調べることは楽しいものである。次に、実際に旅に行っていろいろ経験する楽しみ。今まで見たこともないきれいな景色を見て感動したり、おいしい料理を食べたり、旅先の人との交流で普段とは違う考えを聞いたりできる。旅ではいろいろなハプニングが起こることもある。それらにどのように対応するかも、旅の醍醐味である。最後に、旅から帰ってからの楽しみである。旅行中に撮った写真を整理したり、思い出をまとめたりするのは楽しいことである。現地でもらった栞などを読み返したり、旅行記にまとめたりするのも良い。旅の思い出を人に話すのも、旅行先がテレビの番組で紹介され、その時の思い出が再現されるのも楽しいものである。

もちろん、旅行社などが企画するツアーに参加するのも良い。何と言っても、自分で企画しなければならない煩わしさから解放される。交通機関や宿を手配する必要もなく、観光地も効率的に回れるようになっている。おまけに、団体割引が利くので安上がりとなる。しかし、旅に出る前の調査の楽しみや自分の本当に見たいところに時間を割くことなどは犠牲になりやすい。連れて回られるのは、楽で良いのだが、どうしても印象が薄くなってしまう。欧州各国を急ぎ足で回るツアーに参加した人から聞いた話だが、毎日違う国を回るので、どこがどこだかわからなくなってくる、とのことである。まあ、それでもいろいろな印象が残るのだから、それはそれでよいのだが……。

私も7日間で東北地方を一周するツアーに参加したことがある。バスに乗って次々と観光地を回るのは効率が良いのだが、ゆっくりと写真を撮りたいところでも時間が無く、常にバスに乗って移動しているという印象があった。スケジュールが人任せなので、どうしても有名観光地を効率よく、駆け足で回ることになる。もちろん、1カ所でゆっくりするツアーなどもいろいろあり、自分の目的に合ったものを選べば良いのである。自分で企画して、自分で旅をするのと比べると、どうしても印象が薄くなるのは否めない。ツアーで行く旅と自分で行く旅の良いところをとり、旅の目的や行き先・日程などを考慮し、その都度どちらかを選んでいけば良いのだろう。

自分で企画して、自分で旅に出る場合は、それなりに冒険の要素も入り、印象深い旅になることが多い。個人で交通機関や宿を予約すると、割高になることも多いが、一般にゆっくりとした予定も組めるので、見たいところをじっくりみることができる。もう一つ、写真などを撮る場合、天候のコントロールができるのも利点である。例えば、北海道大雪山系の紅葉を見たいとしよう。この場合、山の紅葉の時期を選んで、目的の場所に2日間を充てれば良い。1日目の天気が良ければ、その日に山に登り、次の日は移動に使うことができる。逆に1日目の天候が悪ければ、別の予定を入れ、次の日に山に登ることにすれば良い。もちろん、ずっと天候が悪ければどうしようもないが、2日間を目的地に割いておくと、結構なんとかなるものである。ツアーではこうはいかない。雨でも霧でも、決めた日に山に登ることになってしまう。

一方、自分で作る旅は、いろいろなトラブルも起こりやすい。トラブルも旅の一つ、と考える余裕が必要である。後から考えるとそのトラブルがかえって旅の印象を深めたりする。人生と同じである。いろいろあることが逆に面白いのかもしれない。予約していた飛行機がキャンセルになったり、交通事情によってホテルへの到着が深夜になってしまったりすることなどは、海外ではよく起こることである。ドイツ・オーストリア・チェコを約1カ月かけてレンタカーで回った時は、車のナビゲーションがいいかげんで大変困った。通行止めの道を行くように指示したり、歩行者道路を行けと指示したりで途方にくれたことが何回もあった。何とか、別の手段でピンチを切り抜けたが、後から思い出してみると、興味深く印象に残っている。

確かに自分で作る旅は、観光地を見るということでは効率が悪くなる。目的地への交通手段が無ければ、タクシーを使わざるを得なくなったりする。費用的にも高くなる可能性も大きい。観光地を回る場合は、団体のバスで連れていってもらえるのが、やはり一番楽で効率が良い。一方、旅はその地の空気を吸い、雰囲気を五感で感じ取るのが重要なので、当然、自分で作った旅の方が、印象には残るのである。その分、時間がかかるいろいろな準備も必要になるのはしかたがないであろう。

昔から、旅はよく人生にたとえられたりしている。見知らぬ土地に自分を置くことは、自分を見直す良い機会にもなる。未知の場所から得られる目、耳、鼻、口、手足からの刺激は、直接脳に作用し、日常に無い発想へとつながることもある。目の見えない人が絵画展に行って感動したという話を聞いたことがある。絵の前に立ち、描かれている絵の説明を学芸員から聞いたそうである。絵は直接見えなくても、その場の雰囲気、人の足音や衣擦れの音、空気の感触を感じながら絵の説明を聞いて、充分その絵を鑑賞できたそうである。旅から得られる、言葉では表せない感触は、そういうところにあるのかもしれない。

運動の必要性

日本人の平均寿命が延びている。２０１５年の時点で男性が80・７９歳、女性が87・０５歳となっており、戦後１９７０年代の男性約70歳、女性約75歳から比べても約10年寿命が延びていることになる。このペースで行けば、女性の平均寿命は近いうちに90歳を超すと言われている。私が少年の頃は、80代は稀な印象があったが、現在ではあたり前である。１００歳以上も最近では６万人を超えて、毎年記録を更新している。

寿命が延びるのは結構なことだが、老人で病気の人が増えると医療費が増加し、国庫が圧迫される現実となる。昔は結核などの感染症で亡くなる人が多かったが、長寿社会になるにつれて癌やアルツハイマー病など、自己の遺伝子の劣化などが原因となる病気が増えてきている。人類はもともと50歳くらいの寿命で設計されているのではないか、という人もいる。20歳ぐらいで成人となり、結婚して子供ができるとすると、50歳頃に孫ができることになる。生命のバトンをつなぐのに、自分の子供からさらに孫まで見ることができれば充分というわけである。

前例のない長寿社会となった今、健康で普通に生活できる健康寿命が重要となってきている。本人にとっても、社会にとっても、健康で（病気などで寝込まずに）長生きすることが大切なのである。身体を健康に保つには食事と運動がポイントとなる。ここでは運動について考えてみる。日常の生活の中に運動を取り入れ、適度な筋肉をキープすることで、健康寿命を延ばすことがいろいろなデータで明らかになってきている。筋肉は年齢とは関係なく鍛えることで増加するのである。70歳を過ぎてもボディービルをして筋骨隆々としている人もいる程である。

筋肉と健康寿命の関係に着目し、独自の取り組みをしているのが長野県佐久市である。佐久市では転倒骨折予防のための運動教室や水中ウォーキング教室、健康長寿体操などで高齢者に自発的な運動を促している。その結果、佐久市の平均寿命が２０１０年に男性79・３８歳、女性84・０３歳、（不健康な期間：男性１・７１年、女性３・５２年）だったのが、２０１４年に男性80・９２歳、女性86・５５歳（不健康な期間：男性０・４９年、女性１・１２年）になったとのことである。平均寿命が延び、健康寿命も延びている。これは、自治体が不特定多数の市民を対象に行った社会実験なので、それなりに信用できるものと思える（もちろん、佐久市は運動だけでなく、食生活などの生活習慣指導も行っているのでそれらの相乗効果の面もある）。

実際に佐久市の高齢者医療費も全国平均に比べて低くなっている。老人医療費の面でも効果が出ているのである。適切な運動は筋肉を増やすだけでなく、神経系統の老化を防ぐことにもなる。高齢者の転倒（寝たきりになる大きな原因）を防ぎ、動きが軽くなる利点もある。身体は動かさないと錆び付く。筋肉は使わないと落ちてくるし、関節は回らなくなり、骨は弱くなる。

適度な運動は習慣化して続けることが大切になる。この「続ける」というところがネックになる。人は良いと分かっていても、なかなか習慣化できない、続けられないのが普通である。毎日、決まった時間に運動をやることにしてしまえば良いのだが、いろいろな予定が入ったりしてなかなか続けられないのが現状ではなかろうか。この時のポイントは英語でいう「resume」（中断したことを再び始める）を思い出すことである。毎日、運動しているが、いろいろな事情（旅行、病気、緊急対応など）でできない時がある。しかし、中断したことを気にせずＲＥＳＵＭＥである。再度、気楽に始めることが続けるコツになる。半年ぐらい中断することがあってもかまわない。また、始めればよいのである。これがポイントとなる。そのうち、習慣化してくる。

健康のために散歩を取り入れている人も多い。毎日意識して一生懸命歩いている、という人でも毎日となるとプレッシャーが大きい。実際に実行した日を見直してみたら、1年間を通すと、週に2〜3回というところで良いのではなかろうか。途切れても、また始めればよいのである。毎日1万歩を目標にすることも、習慣化するのに良い手助けとなる。万歩計をつけて、毎日歩いた歩数を記録することによって、客観的に自分を見直すことになり、続ける意欲も出てくる。記録をつけることになってから、歩くことが続くようになった人もいる。

歩くことは、脳の活性化にも良い。身体全体の血流も良くなるので、当然脳にも多く血流が流れる。気分も爽快になるのである。心肺機能を高める為にはジョギングの方が良いが、それぞれの体質や体調に合わせて、自分に向いた方法を決めていけばよいのである。文筆家や高齢者でも元気な人の中には歩くことを生活の中にうまく取り入れ、習慣化している人も多い。健康に関心のある人は歩いているのである。

私も毎朝1時間ほど運動することを習慣にしている。ラジオ体操をしてから、腹筋20回、さらに股関節の運動をしてから腕立て20回、その後エキスパンダーなどで上半身の運動をする。この辺りでシャツ1枚でも汗がにじむぐらいになる。その後、壁逆立ちを2回してから、軽くジョギングで約2㎞というところ。ジョギング後では心拍数が普段の倍の120ぐらいになり、けっこう汗が出てくる。いろいろな柔軟運動を入れているので、1時間弱かかる。これが、家にいる時のルーチンである。これに、不定期のゴルフ、それに伴う練習、近くの公園の散歩が加わるのが現状の運動というところか。

余裕のある人は体幹を鍛えると良い。サッカー選手の長友佑都氏が『長友佑都体幹トレーニング20』（KKベストセラーズ）という本を書いているが、自分の身体と向き合い、体幹を鍛えることによって、代謝を良くして体の芯からやせる、疲れにくくなる、顔・姿勢が良くなる、腰痛を解消できる、競技力が飛躍的に向上する、とのメリットを挙げている。脳で理解しながらトレーニングし、どこが鍛えられているかを身体と話をしながらトレーニングするという。身体を支配しているのはメンタルであり、メンタルを支配しているのは身体だとしており、非常に理にかなったトレーニングの方法を20紹介している。私もいくつかを自分の毎日のメニューの中に取り入れて実施している。

身体の筋肉はどこであれ、使わなければ衰えていく。声帯も同じである。年をとっても良い声をしている人はそれなりに声帯も鍛えているのである。歌手も声帯トレーニングをしている。声を出して本を読むなど、声を出す機会を作るのが重要である。そうでないと、だんだん声が出にくくなってくる。舌の運動は脳の運動に直結している。ボケ防止の為にカラオケを歌うのは非常に理にかなっているのである。舌を前や左右に出す運動も脳細胞の活性化に良い。カナダの脳神経外科医ペンフィールドは大脳皮質運動野が司っている各部位をその大きさで表したが、舌や喉が関連した脳部位は非常に大きな面積を占めているのである。

筋肉ではないが、脳に関しても同じことが言えるようである。使わなければ退化する。本を読む人は長生きする、という人もいる。本を読む、ということは考えることに通じ、脳細胞を活発に使うことに通じる。脳の中ではいろいろなホルモンが作られ神経細胞はお互いの刺激を伝達している。これらのシステムは、脳の中だけではなく、脳が支配するさまざまな器官や筋肉の動きと連動している。したがって、脳を働かせることは全身の健康に密接に関係する、との説である。これは、統計的に証明するのが難しい対象となるが、私の知っている範囲だけで考察しても、どうも本当のように思える。少なくとも、読書等で脳を毎日使っている人はボケにくいのではなかろうか。

本を書くということ

ジャーナリストの立花隆氏は１００冊近くの著書を書いているが、１冊の本を書くのに１００冊くらいの本を読んで考えると凝縮した良い本が書けると言っている。インプットとアウトプットの比が１００対１である。やはりそれぐらい頭にインプットしないと新しいオリジナルな考えにまとまらないのかもしれない。自分の脳にインプットするのは、何も読書だけではない。人に会って話を聞いたり、旅行などに行って体験したり、自分の日常生活を注意深く眺めてみたり、いろいろな方法がある。

逆に、いくら様々な本を読んでも、いろいろ面白いことを体験しても、本を書いたり、人に話をしたりするアウトプットが無いと他人には伝わらないということでもある。またアウトプットすることによって逆に自分の考えが整理され明瞭になるということもある。

本を書くというアウトプットは、自分の考え、ひいては世界における自分の位置づけを世間に明らかにすることでもある。人生は高々１００年と短いが、書物の形になれば、その人の考え方が、『聖書』や『源氏物語』の例を引くまでもなく、１０００年単位で生き残ることも可能になる。

本を書くということは絵を描いたり、彫刻を彫ったり、楽曲を作曲したりするのと同じような創作創造活動でもある。作品を作ることによって自己表現しているのである。自己表現することによって、社会に発信するのと同様に自分を癒やしている。小説家は小説を書くことによって自分の内面を見つめ直しているのではなかろうか。自分自身の中にある葛藤を描き出すことによって本人が救われている面があるようである。その葛藤が人類共通のものであれば、読者の共感を呼びその小説が広く読まれていくことになる。また、人間に対する深い洞察や知恵がその本の中にあれば、多くの人の共感を得、世界で読まれていくことになる。

また、本を書くというのは一つの達成感が得られることでもある。まとまった文章を書き、まとめ、編集して本の形にすることは、けっこう手間がかかり、時間もかかるものである。思いつきだけではなかなか本の形にならない。継続的な努力と、苦しい時でも頑張れる忍耐が要求される。継続した緊張感と本の形となった喜びが充実感につながってくるのであろう。

文章を書くということは、誰かに読まれることを前提としている。自分自身にしか分からないメモや日記ではダメということになる。どういう書き方をすれば、スムーズに読んでもらえるか、どう書けばよりよく内容が伝わるか、を考えなければならない。これが、まさに文章上達の訓練になるのではなかろうか。この訓練を通して、多くの人に受け入れられる文章が書けるようになる。ベストセラー作家は、文章の書き方でも、多くの人に読んでもらえるレベルに達しているのは間違いない。

人間は社会的な動物である。その本性の中に社会や他人に認められたいという欲求を持っている。本を書くということは、自己の考えを社会に発信し、社会からの反応が得られるという点でこの社会的欲求をも満たすこともできるのである。インターネットなど、自己表現の手段はいろいろあるが、本というまとまった形により、一つの効率的な自己表現の形となる。

自分が本に書いた内容が、どれだけ意味があるか、どれだけ社会に受け入れられるかはなかなか分からないものである。本を書く人が事前に社会への影響を考えることは難しいのではなかろうか。例えば、小説家が自分を癒やすことを主目的に小説を書いたとしよう。そこに書かれている状況が、どれだけ多くの読者の共感を得られるかは不明である。しかし、誰かに共感されるモノがあれば、それはそれで存在価値があるのである。

以前、アメリカでのビジネスの経験をもとに『アメリカの企業とは』という本を書いたことがある。その本の出版時には、ビジネス雑誌に書評が書かれたり、都市部の大規模書店などに本が置かれていたりしたのを見て、少しは社会の役に立つかもしれない、との達成感を持つことができた。また数年たって、中古書店のブックオフに自書が売りに出ていた時は、やはり興味を持って手に取ってみたものである。その時、自著に多くの線引きや書き込みがしてあるのを見て、それなりにこの人には役にたったのだ、とうれしく思った経験がある。見ず知らずの人から自著にサインを求められたり、著書が話題になったりした時は、本の形にしておいて本当に良かったと思えたものである。

第2章

人間の世界

生命とは何か

人類に対する究極の問いは、生命とは何か、ということかもしれない。人類が始まって以来、ヒトが自分自身のことを考える時には、その前の段階で、何故自分が存在しているか、という問いがあったに違いない。人類誕生の不思議は、古来、神話や宗教の世界で語られてきた。その当時の知識レベルをベースとして人々が納得できる水準で、人類誕生が説明されてきたと思える。ギリシャ神話、日本の神話、キリスト教などでは、その当時の人々が納得できる話であったと思える。

自然科学が進み、人類を取り巻く環境がいろいろ分かってくると（例えば、地球が丸いことや地動説、ダーウィンの進化論、量子力学、遺伝子、ＤＮＡ、脳科学など）、その時々で「生命とは何か」という問いに対する答え（仮説）が提出されてきた。誰も生命の誕生を見た人は今までいないし、まして人間の無からの誕生（親から生まれるのではない場合）などは、想像の世界になるのである。

ここでは、現代科学（現時点で分かっていること）をベースとして「生命とは何か」を考えてみたい。その為には、先ず、生命の定義を明確にする必要がある。生きているとはどういうことか、ということである。生命の最低限の条件は次の三つの要素を満足したものと考えるのが妥当と思える（『生命の内と外』永田和宏、新潮選書）。

1　外界から区別された単位であること（例えば、人間は皮膚によって外界と区別されている。境界のない生物はいない）
2　自己複製し、子孫を残せること（時間を越えて命をつなぐ仕組みを持っていること）
3　代謝活動を行っていること（外部から何かを取り込んで、自己の生存に生かす機構を持っていること）

この3要素を欠いたものは、生物学的な意味では生物とは言えないであろう。かなり納得できる定義である。

3要素の中で、最も特徴的なものは、物質代謝である。生物が生きているということは、外部との間に物質とエネルギーのやりとりがある間のことを言う。つまり、外部との物質やエネルギーのやりとりをして、皮膚（膜）の中に、ある恒常的な状態（ホメオスタシス）を保っている状態を言う。動的平衡という人もいる。分子や原子などいろいろなものが、置き換わっている状態で、ある状態を保っている状態が、生きている、ということになる。エントロピーの最大化を防ぎ、ある限られた空間（人体）の中にエントロピーを自然界から偏らせている（ある意味では、水の中の泡みたいなもの）と言えるかもしれない。

それでは、この生命（最も簡単な生物である単細胞バクテリアを考えてみる）はどこから誕生したのであろうか。古来いろいろな仮説が提唱されてきたが、現時点では分かっていない。従って、人類はバクテリアなどの最も簡単な生物でさえ無から生じさせることはできない。つまり、生命あるものはそれだけで貴重なのである。

今から35億年前の地層にバクテリアの化石が確認されているそうである。その前（38億年ほど前）に最初の生命体が誕生したのではないかと言われている。生命の誕生に関しては、旧ソ連の生化学者オパーリン（１８９４－１９８０）が化学進化説を唱えた。これは、無機物から有機物ができ、有機物の反応によって生命が出現したと考えるものである。原始地球は有機物が蓄積されたスープ状であり、コロイド状に集積した有機物が周囲から膜などで独立して（コアセルベートと言われた）生命が誕生したのではないか、という仮説である。いかにもありそうな仮説であるが、検証されたわけではない。

1953年にシカゴ大学のミラーは、原始地球の大気（二酸化炭素、水蒸気、窒素、アンモニア）と考えられるものに熱を加えて蒸気にし、そこに放電を続けることによって生命のもととなるアミノ酸ができることを示した。何らかの条件下で生命を作る有機物ができるということは興味深い。一方、最初の生命が隕石によってもたらされたという説もある。現在いろいろな仮説が言われているが、真実はまだ誰も知らない。

それでは、物理的な視点から見た生命とは何だろうか。量子力学を確立し、1933年にノーベル物理学賞を受賞したシュレーディンガー（1887−1961）が、『生命とは何か』（岩波文庫）という本を1944年に書いている。この中で、量子的な構造にもとづく原子や分子の構造の安定性が、生物の遺伝形質の高度な安定性を可能にしていることを指摘した。この考え方をベースとして、ワトソンとクリックによるDNAの発見につながったと言われている。

シュレーディンガーは、生命を持っているものは、外部と物質を交換することによって（代謝することによって）崩壊して熱力学的に平衡になるという物理現象（熱力学の第二法則、エントロピーの原理）から免れている、としている。生物体は負のエントロピー（食物）を食べて生きているとも言える。死の状態を意味するエントロピー最大の状態にならないように、生物は周りの環境から負のエントロピーを絶えず取り入れているのである。原子のレベルから見た生命も、物理学の原理どおりに動いている、ということである。

著者は、学生の時にシュレーディンガーの波動方程式や、量子力学、量子化学を学習した。まさに分子や原子の世界である。そのシュレーディンガーが、分子や原子のレベルから生命を考え、「秩序の流れ」という観点からも遺伝子を考え、最終的にＤＮＡの発見につながった、というのは大変興味深い。人間も地球上の原子や分子（有機物）で成り立ち、自然の一部である、ということが改めて認識できたということでもある。

進化論とは何か

別のところで「生命とは何か」を考察し、自分なりの見方を述べた。それに続いて、発生した生命がどのようにして人類まで到達したかを考えてみたい。誰も、人類が今のヒトの形で、突然この地球に現れたとは考えないのではなかろうか（宗教では、そのように説明しているのがあるけれども……）。現在、分かってきているＤＮＡによる遺伝の仕組みを考慮した場合、地球上に最初に現れた生命は単純な単細胞生物で、それが長い年月の間に変化してヒトまでたどり着いた、と考えるのが妥当と思える。

今では、人間とチンパンジーの遺伝子は約98％が同じであることが分かっている（ヒトとチンパンジーの系統は約６００万年前に分かれたとされている）。また、人間の子供は父親と母親の遺伝子の50％ずつをそれぞれの染色体の中にもらい、その染色体が23本の対で合計46本の染色体で成り立っていることが知られている。当然、親と子供は50％の遺伝子が共通である。孫とは遺伝子が25％が共通ということになる。

ダーウィン（１８０９－１８８２）は『種の起原』（１８５９年）で生物の進化論を提唱した。そこでは、個々の種を神が創造したというそれまでの考えを大転換し、すべての生物は共通の祖先から発生し、突然変異と自然淘汰で進化した、と唱えた。生物のそれぞれの種は、単純な原子生物から次第に複雑な現在の形に変化してきたと考えられるのである（『ダーウィン進化論の現在』マイヤー著、養老孟司訳、岩波書店）。その後、遺伝子やＤＮＡの発見、化石の分析から、ダーウィンの進化論は、地球が丸いのと同じぐらいの確かさで正しいと今日捉えられている（現在は、ＤＮＡやＲＮＡ、各種蛋白質の働きの解析などから、さらに詳細な理論になってきている）。

一つの受精卵から、どの部分がそれぞれの体を構成する部分に分化するか（外胚葉：脳や神経、中胚葉：循環器や筋肉、内胚葉：消化器）なども分かっている。また、ヒトは約２０００の遺伝子を持ち（ヒトのゲノムの全塩基配列が２００３年に解読された）、大腸菌は約４０００の遺伝子を持つことなども分かっている。ヘッケル（１８３４－１９１９）の胎児の成長図（イヌ、コウモリ、ウサギ、ヒト）を見ても非常に似通った形で胎児からそれぞれの個体になっている。

ダーウィンの進化論をベースとし、その中の遺伝子の働きに注目し、一般人が分かりやすいように説明したのがドーキンス（１９４１－）の『利己的な遺伝子』（紀伊國屋書店）である。生物は遺伝子で進化し、様々な種に分かれ、現在まで連綿と生命をつないできている。それぞれの生物が遺伝子の乗り物だと考えるといろいろな現象が見えてくる。ものごとがどう進化してきたかを遺伝子の生存、という視点から見直し、進化を見直している。自然淘汰の歴史を生き残ってきた遺伝子はその行動が利己的であった。いかに生きるか、という生存の危機を乗り越えてきたものが現在存在しているのである。動物の行動は動物の中にある遺伝子の生存を最大にする傾向があるということである。人間が無意識で行っているさまざまな行動が、遺伝子の生存という視点で説明されたのがユニークである。

ただ、遺伝子は存在するからそれが働くか、というと必ずしもそうではないことも分かってきている。遺伝子を取り巻く蛋白質の状況でその遺伝子が働いたり、働かなかったりもする。遺伝子が働くスイッチのタイミング、つまり発現する時期が違うだけでも、形態に大きな差が出たりするのである。一卵性双生児は遺伝的には同じ遺伝子を持っている。似ているところも多いが、違っている点も多々あることが知られている。全てが遺伝子だけで語れない理由である。

世界の人口約70億人の遺伝子はほぼ同一とも言える（ＤＮＡの違いは０・１％と言われてい

る）。ただ、現生人類の遺伝子は約25万年前にアフリカから出たと言われるホモ・サピエンスと同じである。つまり旧石器時代にできた遺伝子のプログラムで現代人も生きていることになる。ヒトは飢餓に対応するホルモンはたくさん持っており、飢餓に対応しやすくなっているが（食物が充分に得られない期間が長く続いた）、飽食に対応できるホルモンはインシュリンだけなので、近年、飽食による病気が増えているとも言われている。

現代社会を生きていくには、遺伝子の命令だけ（本能とも言える）で行動できないのは誰もが知っている。しかし、本来、ヒトはどのように設計されているかを理解し、現代人の日々の行動に反映させることは有意義なことであろう。

量子力学的世界像

人間は五感を通して外部の情報を得、それを脳で処理して考えている。ところが、世の中には五感では捉えられないものが多く存在している。光にしても人間に見えるのは可視光だけで、光のスペクトル上で、紫の外にある紫外線や赤の外にある赤外線は見えない。しかし、紫外線や赤外線はいろいろな作用を持っており、明らかに存在している。電気の存在も、静電気のスパークで驚く時などの特別な場合を除いて、五感を通しての認識は難しい。人間は、この五感を通して認識できないものを考えるのは苦手である。

脳が物事を考える時は、五感を通して得られた情報をもとに考えるのが普通である。外出先で急に雨に降られて濡れた場合、水滴を目で見て、音や風で雨を感じ、水が肌に濡れた感覚をもとに雨が降っていることを認識する。その後、それらの情報をもとに、次の行動を考えたりする。雨宿りをするとか、タクシーを拾うとかの何らかの行動につながったりするのである。

人間は、当然、五感の外にあるモノをベースにして考えるのが苦手である。一般に想像がつかない、と言われるが、五感の外の現象に対して具体的なイメージがなかなか持てないのである。考えれば当たり前のことであるが。通常は五感で得られた情報をベースに脳の中でイメージを作り上げて考えているのであろう。人間は五感を超える世界を理解する為に数学を使用し、数学で説明したりする。

人間の五感の外で存在している物事を定性的に説明することはなかなか難しい。人間が住んでいる世界や、五感で認識している世界では、通常起こり得ないことが現実に起こっていることになるからである。

学生の時に、朝永振一郎氏（ノーベル物理学賞受賞）の著書『量子力学的世界像』を読んで大変感銘を受けたことがある。量子力学の世界を、「光子の裁判」という定性的なできごとでうまく説明されているのである。ドアが二つある閉じられた部屋の奥壁で光子が捕らえられたという現象があるとしよう。ドアを通ってのみしか、その部屋に入ることができない場合、光子はどちらかのドアを通って部屋に侵入したと考えるのが、我々の認識の範囲の常識である。

しかし、我々の五感の外にある量子力学の世界では、光子が両方のドアを通って部屋に入ったと考えるのが正解なのである。分子や原子という微小な、我々が直接認識できない世界では、我々が通常考えられない現象が起こっている。人間がドアを通る時だけ二つに分かれてドアを通り抜け、部屋の中でまた一体化して人間に戻るということは、普通人間が生きている世界、ニュートン力学の世界ではあり得ない。しかし、原子レベルの世界では実際に起こっていることなのである。

原子レベルの世界では、言葉で世界像を説明することはできない。なぜなら言葉そのものが、人間の五感を通して得られた人間社会の産物だからである。人間の五感を超えた世界は、人間の想像力が働かないのである。もっぱら、この世界の説明には数学が使われる。このレベルの数学は非常に高度になるので、我々一般人は先ず、入り口の数学（この世界の言葉）の習得のところでお手上げになるのであるが……。

ちなみに、この光子の二つに分かれて二つのドアを通るという状態は、一つの無限次元複素空間内の原点から射出する一本のベクトルで示されるものである。我々は3次元の世界（1次元が線、2次元が面、3次元が立体）に生きているが（時間を入れて4次元という人もいる）、5次元、6次元、多次元、無限次元となると想像外になり、理解不能に陥る。しかし、そういう世界もあるということになる。それらの理解の上で現代のコンピューター世界が発展してきたというのも事実なのである。

自然界の不思議な分布傾向

正規分布と呼ばれるものがある。平均を中心に左右対称の釣り鐘状に分布するものをいう。例えば、人の身長の分布は正規分布に近いものになる。日本人男性の身長は１７０㎝くらいが最も多く33％ぐらいおり、その前後に約77％の人が集まっている。１８５㎝以上になると全体の１％以下になり、１５５㎝以下は２％以下となる。つまり中央付近に多くの人が集まる釣り鐘型になっている。身長10ｍの人はいないし、10㎝の人もいない。日本人男性の体重の分布も平均65㎏でほぼ正規分布している。一般に我々は正規分布に近いものが、自然界の普通の分布傾向と思っている。

しかし、自然界にはベキ則に従うものが多くある。ベキ則とは、桁が変わるくらい大きく変化している分布である。つまり、1、10、１００、１０００、１００００〜と大きく変化する分布であるが、両対数軸を取ると直線にのる。身長で言えば、10ｍの人も１００ｍの人もいるような、ピンとこない分布であるが、自然界にはこのベキ則になっているものが意外と多く、驚くほどである。地震の頻度と大きさもベキ則となっている。身体に感じない小さな地震は頻繁に起こっているが、マグニチュード8などの大地震はめったに起こらない。雪崩や土砂崩れ、月のクレーターの大きさなどもベキ則に従っている。

人間の世界にもベキ則が多い。さすがに身長などは正規分布であるが、個人や企業の所得はベキ則になる。とんでもない金持ちが少数存在し、ほとんど金を持っていない人は無数にいる。本の売れる冊数もベキ測である。ベストセラーは少数存在し、ほとんど売れない本が非常に多い分布となる。世の中の事象をベキ数分布ではないか、と思って見るといろいろな違った側面が見えてくる。企業の規模もベキ則である。何十万人も働く巨大企業から一人の企業まである。何しろベキ則は桁が違って分布するのである。どうやら脳のニューロンの活動（発火）もベキ則になっているらしい。

橘玲氏は『残酷な世界で生き延びるたったひとつの方法』（幻冬舎）で面白いことを指摘している。ベキ則の分布は対数軸では直線になるが、通常の方眼紙では少数のところが山が高く、そこから急激に落ちて長い尻尾を持つような形となる。山の高いところを恐竜の頭、尻尾のところをロングテールと表現している。例えば、音楽の小売り業界では、上位２００タイトルで販売数の約90％を占めているとのことである。こういう現象はいろいろなところに見られる。映画会社の収入などもそうではないだろうか。少数のヒット作品が収入の大部分を稼いでいる。

当然、ビジネスの戦略としては、いかにヒットを出すか、の戦略になる。

ところが、ＩＴが進んだ世の中になってくると、ロングテールの中でもコストをかけないで事業として成り立つ場合も出てくる。ロングテールの中を微細に見ると、テール部分がさらにヘッドとテールに分かれていると言う。ロングテールの中にもいくつものヘッドとテールがあり、この小さいヘッドをコストをかけずに利用する方法を考えれば、利益が出せるビジネスモデルを作ることができる。

出版業界も同じかもしれない。出版社に利益をもたらしているのは、ベストセラーとそれに続く少数のよく売れる本であって、その他多くの本はほとんどが赤字である。ロングテールの中の小さなヘッドをうまく捉えたビジネスシステムが必要となってくる。当然、数が少ないので、いかにコストをかけずに利益を上げるかの工夫がいる。こういう市場のことをニッチ市場と言い、そこには、少数だが、同じタイプの作品を買ってくれる人達がいるのである。70億いる人類の中には、自分と同じような好みを持つ人がある一定数いるのである。

人間の多様性にも驚かされる。人間の外見の多様性は目に見えて分かりやすいが、能力（目に見えない）の多様性はベキ則になっているのではないかと思われる。例えば、数学を理解する能力は、小学校レベル（最も多い人数と思われる）から、中学校レベル、高校レベルとなると大きく人数が減少してくる。大学レベルになると人数は極端に少なくなる。それでも、人類最高レベルの数学が理解できる人（天才と言われる）もごく少数いるのである。その能力はまさに桁が違う（普通の人が１００なら1万以上違う）のである。まさにベキ数の世界である。脳のニューロンの発火もベキ則に従っているそうであるから、数学の能力（脳の働き）もそうなのかもしれない。

人間の世界にベキ則が多く存在するのは当たり前かもしれない。人間も自然の一部であるから自然現象と捉えることもできる。そういうことを理解していると人間社会で起こるいろいろな現象が理解しやすくなる。人間の社会に大金持ちが存在するのは必然なのである。その反対に最もプアな人も存在するが、そういう人達は早く死んでいくので目立たないだけである。人間も分子・原子からできており、分子・原子の自然の運動法則からは逃れられない。それが、ニューロンの微細運動につながり、人間の社会が出来上がっている。

人間の脳が関与した能力の差はベキ則である。資産額ごとにどれだけの人数がいるかを調べた統計を見ると面白い。世界のトップの資産家62人が全人類の下位半分（約32億人）と同等の資産を持っていると言われる。ベキ則に従っているので当然の結果である。これを不公平と見て批難するのは正しくない。人間の能力はそういう結果を生むようにできているのである。無理に人間の能力の差に目をつむっては、能力のある人の芽を摘んでしまう結果となる。見かけだけの平等主義は、全体のシステムの非効率化（崩壊）を招くのである。貧富の差は寄付とか税金などで社会に還元させるのが正しい方法と思える。人間の平等を目指した社会主義が破たんしたのは（ベルリンの壁の崩壊）自然現象に歯向かったからである。こういう人類の大きな社会実験の結果は明確にこのことを示している。

従って、人間の作ったこの社会で生きていく為には、自分の優れた点（ベキ則で他者と差別化できる）を探し出し、それを使って生きていくのが、最も生きやすい方法となる。また、得られる幸福度も高くなるだろう。ただ、その自分の優れた点を生かすことが好きでなければうまくいかないであろう。いかにテニスの才能があっても、テニスが好きでなければ、その才能は開花しない。自分の優れた能力を生かす為には、それなりの訓練が伴うからである。テニスが好きでないと、才能が開花するまでの訓練には耐えられないであろう。

いかに早く走れる能力（素質とも言われる）があっても、練習や試合経験を積んで、その能力を磨かなければ、オリンピック選手にはなれないのである。そう考えると、一番良いケースは、自分の好きなことに対して、他の人より優れた能力をもともと持っている場合である。好きだと練習もよくし、才能も開花しやすい。好きでないこと（その人にとって苦手なこと）に対しては、いかに能力があっても開花しない。好きなことの中から、自分は能力を持っている、と感じるモノを職業にするのが成功の確率を高めるやり方になる。

建築家の谷口吉生氏が『日本経済新聞』の「私の履歴書」（２０１７年6月）にハーバード大の大学院に留学した時のエピソードを書かれていた。同僚の学生が、教授から「あなたは建築の才能が無い。」と言われて、「才能がないことが早く分かって良かった。その後の時間を無駄にすることがなく、別の道に進める。」と笑顔で大学を去って行って大変驚いた、と書かれていた。しかし、これは、負け惜しみではなく、正しい選択である。自分が不得手な分野で人生の勝負をするほど大変なことはない。才能がなければ、いくら努力しても一流にはなれない。誰でも、いくら努力しても、１００m走で10秒は切れないのである。この辺りを勘違いしないことである。努力は重要だが、努力で解決できる対象かどうかを見極めることがより重要となる。人間の才能はベキ数で分布しているのである。

年齢とともに変わる人の考え方

人間の考えることは、その人の年齢とともに変わる。人は一貫してずっと同じ自分であると思っているが、人は年をとり、身体も変化すると同様に考え方も変わるものである。もちろん変わらない部分もある。その人固有の性格や行動パターンもあるが、思想や考え方は変化していくと考えるのが普通である。10代の時は10代の考え方、40代には40代、60代には60代の考え方になるのである。人は誰でも今の時点で、その人にとって未知の世界を生きており、将来どのような考え方になるかは予想できない。

明治の頃に、年齢層と信心の関係を調べた統計があった。その統計では、若い層ほど信心の率が低かったので、将来我が国では宗教の勢いが低下するとの予測が出た。しかし、昭和になって同じ統計をとったら、全く同じ統計結果が得られたそうである。つまり、人は年をとれば、信心深くなる傾向が出てくる、ということである。年を重ねてくると、周りの人間の死に直面することも増えてくる。自分も病気をしたりして死を考える機会も増え、自然と信心深くなる。お寺や神社に年寄りが集まるのも当然なのである。

年をとってみないとその年齢での本当の気持ちは分からないとよく言われる。いろいろな経験がベースとなってその時の考え方が形成されるが、その経験をしていない人には、なかなか想像できないものがある。英語でコンテンポラリー（contemporary：同時代の）という言葉がある。学生時代にこの言葉と出会った時には、日本語には無い言葉だけに、なかなか真意がつかめなかったものである。この言葉の意味するところはなかなか深い。

同時代に生きている人は、例えば、津波などの災害や、バブルやリーマンショックなどの経済変化、その時々の社会文化や流行を同時に経験している。流行歌などもそうである。青春時代に聞いた歌や音楽はその時代の自分の気持ちを思い出させる。同時代に生きている人は、特に年齢の近い人は、同じ社会現象や、年齢が進むにつれて経験する個人的な変化（結婚、子育て、仕事、退職など）も同時期に経験しており、それを通じて気持ちが通じやすい。同じ年代の相手の気持ちが理解しやすいのである。

病気の経験も同じであろう。人は大病をすると人生観が変わるという。昔は、本当の政治家になるには大病を経験していないとダメだ、という人もいた。死と直面し、必死に自分の人生に向き合った人のみに得られるやさしさが政治家になるには必要ということである。それが無い人は人の心を想像できず、なかなか人の為になる政治ができない、という経験則かもしれない。

高齢者のケアや介護の現場では、高齢者の気持ちが分かることがスタートになるが、若い人には高齢者の考え方や気持ちがなかなか分かりにくい。自分が経験していないことなので、想像する（思いやる）のが必要となる。ところが、人間は、自分が経験していないことを想像することがなかなかできない。怪我をした人が、その痛みを訴えても、経験していない人にはその痛さは分からないものである。

年をとるということは大変なことである。今までできていたことが、一つ一つできなくなってくる。普通に歩いていたのが、歩けなくなり、そのうち、立てなくなり、動けなくなり、食べられなくなり、死んでいくことになる。これは、全ての人に起こることであるが、その状態になっていない人には、その人の本当の気持ちがなかなか分からないのである。

反対に、自分が経験してきたことはまだ理解しやすい。子育てをしてきた主婦が、子育て中の主婦の気持ちを想像することはまだ容易である。こういうことを考えると、年長者の経験をベースにしたアドバイスは若い人にとって有益なことが分かる。

また、人の考え方は、その人の身体性とも密接に関係している。若くて元気な時は、当然、病気をするという意識も無く、考え方も前向きなものになる。病気の時や自分が年をとった時の自分の気持ちを想像することも難しい。当然であるが、自分のその時の気持ちがずっと続くという錯覚のもとでいろいろな判断も行われる。バリバリの独身キャリアウーマンでならしてきた女性が、40歳前後になって急に結婚して子供が欲しいと言ったりすることがある。一生、仕事一本で生きていくという、若い時の考え方が年齢とともに変わるのである。

自分の考え方が年とともに変わる、ということを知っておくことが重要である。どのように変わる可能性があるかは、周りの年長者や読書などを通して、想像するしかない。例えば、独身を通す、という若い時の自分の判断で行動し、年をとってから、親族がいない寂しさを嘆いてもしかたがないのである。昔から、人類は、子供の時は親に育てられ、自分が親となって次の世代を育てることで続いてきている。普通の人類の営みの中に、自分の将来の考え方の変化が予想できるのではなかろうか。

人間の脳の中には、あらかじめ、いろいろなしかけがあることが最近分かってきている。恋愛時には脳の特別な部分が活発に働いているそうである。そのおかげで「あばたもえくぼ」ということが起こる。普通の人が見える欠点が、恋愛中には逆に長所に見えるのである。脳の報酬系が強化され、ドーパミンなどの脳内麻薬の分泌量が増えると言われている。恋愛の「ときめき」は一時的な脳の麻痺と言えるかもしれない。家族を作って子供を増やす人類が持っているしかけである。人類の持っているしかけに素直に乗り、その時々の判断をするのが、幸せを得る近道かもしれない。家庭を作り、子供や孫を持つ楽しさや、病気の時に家族がいる安心感などは、経験しないとなかなか分からないものである。

　将来の自分の考えの変化は、現在の自分には予想できにくいだけに、周りの観察と情報収集で、より予想の精度を高める工夫がいるだろう。もちろん、変わらない部分も多い。しかし、変わる部分がある、との認識を持ってその時その時の判断をしていくのが賢明であろう。将来、取り返しのつかない状態になって後悔しないように、将来のその時の自分の気持ちを想像し、今の自分の判断につなげていければ良いのだが……。

学校教育について

人間は生まれた時の親からの遺伝子や育った環境でそれぞれが違った発達のしかたをする。国が作っている教育制度はその平均を狙ったものであり、国民全体というマスを考えた場合、平均狙いは、仕方がないかもしれない。

しかし、個人から教育制度を見た場合、その平均的な教育制度の中で、いかにその個人に合った教育を選択し、オリジナルな教育をしていくかが、その人本人の人生に大きく影響し、本人の人生を豊かなものにできるかに影響してくる。

小椋佳氏が『日経新聞』の「私の履歴書」の中で面白いことを書いていた。彼の小学校時代は目立たない平均的な子供であったとのことである。10歳、小学校5年生の時についた家庭教師が、中学校の英語と数学を教えてくれ、中学に入った時は中学の英語と数学の学習が終わっていて、学校の授業が復習になった為、急に良い成績が取れるようになり、それがきっかけで勉強が好きになった、とのことである。

確かに、中学時代の学習はそれなりに理解が早い生徒には短縮が可能である。中・高一貫の私立学校は中学の3年間の授業を2年に圧縮し、高校の3年の1年間は大学受験の勉強に専念させることによって、難関大学に多くの合格者を出しているそうである。義務教育の中学3年間は平均を狙った教育課程の為、能力のある生徒に関しては、容易に短縮できるものである。

小生も、高校に入学した時に、友達の中には、すでに高校の数学や英語を終えている者がいて唖然としたものである。ある程度、考え方や能力が固まってくる中学時代に学習も大きく進められる生徒には、それなりのスピードで学習させ、より高度な学習過程で充分に時間がかけられるようにした方が効率的になる。

一般の学習から離れた、芸術分野の学習に関しても、それなりの戦略が必要となる。日本の学校教育制度は必ずしも芸術分野の能力を伸ばすようにはできていないのが現状である。また、アメリカの教育制度の方が自由度がある。

ある子供は、小学生の頃から車に興味があり、車の絵を描いていた。高校の美術の教師が車のデザインの才能を見つけて全米のトップクラスのデザイン学校を推薦してくれ、そこに入学することにより、大きく才能を開花させている。

指揮者の小澤征爾氏もそうである。成城学園で齋藤秀雄氏に指揮を徹底的に習ったのがスタートとなっている。

日本の場合、芸術関係の才能を伸ばすのに、一般に教育制度が適切でない場合も多い。近年いろいろな見直しや試みが行われているが、芸術関係に進む場合、一般的な学力を求められ、目指す大学に入りにくい、ということも起こっている。

人生は、自分の好きなこと、得意とすることで生きていくのが一番楽しい。それが、何なのかを親が見つけてやるのも重要である。自分が得意なことでは、本人もより努力するし、才能もより開花する。しかし、世界のトップレベルになるには、それなりの才能とそれに合った教育が不可欠になる。

テニスの錦織圭選手も14歳からアメリカのテニスアカデミーで世界レベルの教育を受けたのが現在の活躍につながっている。

アスリートや芸術家で世界のトップレベルになるには才能と本人の熱意と教育がマッチしなければならない。ましてやそれで食べていける人はほんの一握りである。確率的には非常に低く、リスクも高くなる。そこの見極めを本人自身と周囲が実施する必要が出てくる。

人生の蛹(さなぎ)の時期

人間にも蛹の時期があるように思える。一般に思春期と呼ばれている時期である。年齢としては15歳頃から20歳頃であろうか。最近は子供の時期が長くなっているので人によっては、始まりは12歳頃かもしれないし、終わりは22歳を超えるかもしれない。この時期、子供から大人になるまでの大きな変革の時期と捉えられると思う。

子供は生まれてから脳や体が成長し、15歳頃（中学3年）でほぼ一度できあがる。ある程度できあがったところで、もう一度作り直して、大人になっていく。この作り直しに相当するほどの大きな変革が起こる時期が蛹の時期、思春期と言える。毛虫が蝶になるのと同じように、蛹の時代と考えると分かりやすい。毛虫を見ていて蝶を想像するのが難しいくらい蛹の時代に大きな変化が起こるのである。

人間も同じで、子供が大人になるには、思春期という変化の大きい、蛹の時代を経なければならず、大変なのである。この時代は、極端に言うと、生まれ変わるわけであるから、人間存在の非常に根源的な魂に触れる変化が起こる。毛虫が蛹になる時のように、一度死んだようになって大変革をし、大人になっていく。思春期の子供が大人から見てわけが分からないのは当たり前なのである。もちろん、この変化の度合いはさまざまで、ほとんど経験せず、意識しない人もいるであろう。

自分の思春期や、自分の子供の思春期の時期を経験して、この時期はやっかいな時期であることを認識している人も多いのではなかろうか。一言でいうと、わけが分からない時期である。思春期の最中の（蛹で変革中の）本人自身もわけが分からないので、周りの人間が見てわけが分かるはずがない。感受性や感情などの感度が非常に高まる時期でもある。世の中を見ても、とんでもない事件が、この思春期の時期の若者で起こされることも多い。

この時期が難しい時期であったことが、大人になってから納得される人も多いのではなかろうか。自動車のスピード違反でつかまったり、交通事故を起こしたり、無鉄砲ないろいろな問題を起こす時期でもある。これが、思春期を過ぎるとピタリと治まるのは不思議なくらいである。保険会社も心得たもので、アメリカでは20歳以下の自動車保険料は極端に高い。統計的にこの時期の若者が起こす自動車事故の確率が高いからであろう。

軍隊でもこの年齢の若者が一番強いのではなかろうか。体力的にも無理がきくし、精神面でも一つの思想に染まりやすい。思い込んだら突き進む年齢である。太平洋戦争の特攻隊もほとんどこの年齢の若者を使ったものだった。大学紛争を起こしたのもこの世代である。世界の若者のテロや戦争の実行部隊もこの年齢の若者である。この年齢を過ぎて落ち着いてくると、自分の考え方の確立も進み、そう容易には扇動に乗らなくなってくる。

思春期は魂の底からもう一度自分を作り上げる作業をしているので大変になる。毛虫は蛹という硬い殻の中で大変革をやるが、人間はそうはいかない。日常の生活の中でこの変革を行わなくてはならないのである。この守ってやる殻の役目が、家族であり、社会であるが、身近にいる父親や母親などが充分に守りきれない場合に、自分で何をやっているかわけの分からない思春期の若者が、とんでもない方向に行くことがある。バイクを乗り回して事故で死亡したり、取り返しのつかない事件を起こしたりすることがある。土俵を変えてやる、環境を変えてやる（どこか別の場所を見つけてやる）ことが重要な場合も出てくる。

脳科学でも最近いろいろなことが分かってきている。脳は20代になっても成熟し続けているとのことである。一般に脳は3歳ぐらいまでに出来上がってくるが、思春期にはもう一度大きな変化期がくる。これは神経網の再編成であり、特に前頭前皮質と大脳辺縁系で起こる。前頭前皮質は額の直ぐ後ろにある自己制御の中心領域であり、大脳辺縁系は脳の中央奥深く、大脳皮質の下にある情動を引き起こすのに重要な部分である。つまり、人が行動を起こすエンジン部分と制御部分が大きく再編成されるわけであるから、非常に不安定な時期になる。思春期の再編成が終了し、成人の優秀なドライバーがコントロールするまでは、暴走がくりかえされても不思議ではない。思春期は外部からの刺激に対してより敏感で感受性が高く、制御系が未発達のため、危険をかえりみることも少なく、冒険心に富んでくる。

このように思春期は大脳の再編成が起こる時なので、別の言葉で言えば、その人の魂が変わる時と言うこともできる。つまり、その人の存在そのものに関わる重要な時期ということである。その為、この時期に自分の魂の問題に直面して悩む人が多く出ても不思議ではない。思春期に自殺が増えるのも当然である。自分の存在そのものを真剣に悩むのも思春期である。そういう意味で、この時期は、どうもリタイアの時期と似ているようにも思える。今までがむしゃらに生きてきた状態から少し離れて、自分というものを見つめ直す時期でもある。

村上春樹氏の小説に『海辺のカフカ』があるが、主人公は15歳の若者である。この年代の揺れ動く感受性の高い心を描いている。15歳の若者が家出をして見知らぬ土地へ行き、いろいろな非現実的な体験をするのだが、その中での心の揺れ動き、思春期の男の子の内面の動きをうまく描写している。人間、思春期の時に誰もが経験する不安や喜びなどの感情を小説の中で表現したものである。

人間には、蝶の蛹に相当する脳の大変革の時期があり、それは世間では思春期とも呼ばれている、ということを認識することが大事である。この時期を通過して人は大人（蝶）になるのである。この時期を過ぎると、ピタリと人は落ち着いてくる（落ち着かない人は、精神的にどこかおかしい）。そのことを知って、この難しい時期に対処していくことが大切であろう。

格差問題について

人間の社会は理想どおりには行かないものである。世界中のどの社会にも人々の間には経済格差がある。旧ソ連による社会主義の壮大な実験が失敗した後、世界で資本主義が広がった現在であるが、近年、資本主義社会の中でも経済格差が広がりつつあるとの指摘が多くなっている。

学歴と経済格差が相関しているとの報告は多い。教育格差とその原因となる親の経済格差を指摘しているものもある。裕福な家庭で充分な教育の機会があった家庭の子供は、裕福になる確率が高い。現代の資本主義社会では、人それぞれの違いの中で、特に知能格差が経済格差につながる確率が高くなっている。特別な才能（例えばスポーツができる）の格差も人間の中には多くあるが、それらは一般的な経済格差につながるほどでもない。もちろん、有名な野球選手やテニス選手になれば、経済的にも裕福になれるが、トップ選手になる確率は大変低いものである。

もう一歩踏み込んだ報告も最近聞かれるようになった。『「リベラル」がうさんくさいのには理由がある』（橘玲、集英社）で著者は行動遺伝学の結果を次のようにまとめている。「一卵性双生児のデータなどから行動や性格、知能における遺伝と環境の影響を調べる学問が行動遺伝学で、１９６０年代から膨大な研究が積み重ねられていますが、それによれば知能における遺伝の影響がきわめて高いことがわかっています。一例を挙げれば、論理的推論能力の遺伝率は68％、一般知能（ＩＱ）の遺伝率は77％です（他の研究もこれとほぼ同じです）。これがどのような値かは、身長66％、体重74％という遺伝率と比較すればわかるでしょう。背の高い親から背の高い子供が生まれるように、親が高学力だと子供も高学力になるのです。」

しかし、これらはあくまでも確率が高いということであって、逆に言えば、そうでない例も30％ぐらいはあるということである。必ずしも全てではない。人々は顔の形や体形などが親子でよく似ている、と話題にするが、知能に関してあまり言わないのは、一般に遺伝の確率が50％くらいと思っているからかもしれない。遺伝で受け継いだ良い知能でも、教育の環境が悪いと充分に伸びない場合もある。しかし、知能の遺伝率はかなり高いとの認識は重要である。

子供は、3歳くらいまでは大きく親に依存して育つが、その後、育つ環境（友達や学校）の影響が大きくなっていく。言葉を覚えるのも子供を取り巻く社会からが主体になる。移民の子供は、母国語しか話せない親のもとでも、すぐに現地の言葉を覚える。これは、子供を取り巻く社会から言葉を学んでいるからである。もともと高い知能を遺伝で持っている子はより容易に言葉を覚えるのである。

人間にはいろいろな才能、能力がある。現在の社会では、知能が高いのが一般的に有利になっているだけである。旧石器時代だと、身体能力が高い方が有利であったかもしれない。戦国時代では勇気や決断力がより重要であった可能性もある。芸術的な才能やスポーツの才能も、社会で生きていく上で重要だが、それだけで食べていくには、ずば抜けて才能が良くなくてはならない。知能の方は、ずば抜けて良くなくても、そこそこ良ければ、他の才能に比べて、恩恵を受けやすいというのが現在の経済社会である。

子供の才能をよく見て、その子の持っている優れた才能が開花するように、教育環境を整えてやるのが重要になってくる。なかなかこのあたりは難しい。特に芸術やスポーツの分野で一流に育つには、適切な時期に一流の教育を受けさせないと難しいようである。知能のある子にはその知能が伸びる教育環境を与えてやるのが一番良いということになる。親ができることは、どういう教育環境が良いかを見極め、その機会を提供してやることである。

頭脳は遺伝しやすいという事実を知っていることがいろいろな判断をする時に役に立つ。同時に、自分の限界も知っておくことが重要である。数学の才能などは、スポーツ選手と同じで、非常に優れたものを持っていないと教授レベルになれないのであろう。河合隼雄氏は京大の数学科に入学した時に、その時の教授が「毎年、大勢の学生が数学科に入学してくるが、数学の美が分かるのは（数学を学問として追究できるのは）その内で、2～3年で1人ぐらい」と言われたそうである。その他の人は京大の数学の教授として生きていける能力がもともと無いということである。このレベルには本人がいくら努力しても到達しない、ということでもある。

長嶋茂雄氏のレベルで野球ができるには、持って生まれた才能と努力が重要になってくる。才能が重要な役割を果たす場では、一般的な努力論（才能がもう一つでも努力すればトップに到達できる）というのは間違った認識となる。人間にはその人が持っているキャパ（才能の限界）というものがある。それを認識していないと、努力でなんとかなると思い、無駄なあがきをしてしまうことになる。どこかで自分の状況をよく認識し、あきらめる判断も重要であろう。戦時中の竹やり戦略をやらないことである。精神力や努力だけではどうにもならない世界があるのである。それならば、自分の強みを認識して、その強みを生かして、世の中を渡っていく方が、その人にとって幸せになれる方法ではなかろうか。

２０１６年の米大統領選挙

ヒラリーとトランプが争ったこの選挙ほど、世論調査の結果や各メディアの予想が外れた選挙はなかった。開票が始まってからでもヒラリー優勢の報道が変わらず、開票が進むにしたがってトランプがリードしていく現実に、報道はなかば驚きを持って内容修正せざるを得なくなっていった。選挙戦を通じて、米主要メディアから流されるヒラリー優勢の情報に慣らされていた世界の各国もこの選挙結果におおいに驚かされた。トランプのとんでもない発言（メキシコとの間に壁を作る、女性蔑視発言など）も相まって、世界の一般常識人は誰もトランプが勝つとは予想していなかったのだろう。ところが、結果はトランプが勝った。

何故トランプが勝ったかは、今までの世論調査では沈黙していた層が選挙へ行ったとか、いろいろな後付けの理由が述べられているが、報道が誤りだったことは間違いない。新聞やテレビなどのマスメディアの報道が信用できない面があることを覚えておかなくてはいけない。太平洋戦争中の大本営発表ではないが、一般の人間は、メディアの報道が常に真実だと錯覚しやすい。知らず知らずのうちに情報に踊らされるのである。それでは、どうすれば良いか。情報は自分で集めるしかない。もちろん現地へ自分で行って、報道になる前の事実に自分で向き合うのが一番だが、誰でもできることではない。その場合は、大手メディアの報道に隠れている小さな真実の情報を集めるとか、報道にあえて疑問を持ちながら接するかであろう。鵜呑みにしないことが重要なのである。報道には報道側の意図が無意識であっても隠れているのである。

今回はまさに国論を二分する選挙だったわけであるが、普段、選挙に行かない一般の多くの人が勝敗を決めたと言われている。普通の人は日常の生活で汲々しており、選挙どころではないのが普通である。どちらが勝とうが、日々の生活に大した差が無く、投票に無関心の人も多い。こういう人をどう取り込むかが重要になってくる。選挙に出るような人や政治家は、一般に知識階級の人々である。こういう人は、投票する人々も、自分達と同じように考え行動すると誤解していることが多い。一般大衆の考えがなかなか理解できないのである。このことが今回の選挙に大きな影響を及ぼした。

学者は真理を追究する人だが、政治家は、大衆がいかに何も考えていないかを理解するひとでなければならないのである。ノーベル賞を受賞した物理学者のファインマンは「高校生レベルの知識層に説明して伝えることができなければ、その人は科学を理解しているとは言えない」と言ったが、同じように「高校生レベルの知識層（大衆）に自分の意志を伝えることができなければ、その人は大衆（選挙）を理解しているとは言えないと言えるのではなかろうか。

今回の選挙で、トランプは、少なくとも普段選挙に行かない一般大衆の票を多く集めた。そういう人達を動かす選挙運動をしたのである。トランプはインターネットをうまく使っていた。フェイスブックやツイッターを活用したのである。彼のツイッターは１０００万人を超えるフォロワーがいたそうである。１０００万人を超える人々に直接話しかけていたのである。これは、従来の集会などを中心とした選挙運動よりも効果的であったのだろう。また、ツイッターなどを利用している人は普段は投票に行かない若い人が多く、こういう人達は従来の世論調査ではつかまらない人達なのである。ここに大きな番狂わせの原因があったのかもしれない。キーワードは、普段投票に行かない若年層の取り込みと彼らを投票に行かせたツイッターにあった。

また、トランプのメディアの利用も巧みだった。極端な言動をすることによってメディアに取り上げられ、一般国民に名前を売っていたのである。当然、既存の知識階級や体制側の人からの不評を計算し、それよりも一般大衆に名前を売り、彼らを味方につける方が得策と考えていたのではなかろうか。トランプは既存のメディアをあまり信用していない。時に彼らの言うことはでっち上げだ、とも言っている。メディアはどうしても体制側になるのである。

アメリカの一般の人々が持つ本音の部分を揺さぶったのかもしれない。表立っては言えないが、一般の人はメキシコからの不法移民を迷惑だと思っているし、自由貿易で損害を被っている人も多くいる。アメリカが世界のことに首を突っ込み過ぎて（お金も使い過ぎて）、自分達が置き去りにされている、と考えている人も多い。アメリカファーストという考え方も大衆には受け入れられやすいのである。

別の見方をすれば、今回の大統領選挙は、いかにアメリカの選挙制度が機能しているかの証明にもなった。アメリカの大統領は最長で8年しかできない。最近では、クリントン（民主党）、ブッシュ（共和党）、オバマ（民主党）と8年ごとに政党の違う大統領が入れ替わっている。一人の人が長く権力の座にいると、必然的にいろいろな公平さが損なわれてくる、という人類が持つ欠点を補修するしくみだと思える。人間であるから、どうしても身内びいきになったり、人の好き嫌いがあったりするが、それらがアカとして政権にたまってくるのである。

また、民主主義を再考させられる良い機会にもなった。民主主義はものごとを多数決で決める。国論を二分する大統領選挙なども、僅差で勝敗が決まる。実際、得票率ではヒラリーが勝っていたそうである。しかし、大統領選のルール（各州の選挙人を選ぶ）をもとにしたらトランプが勝ったということである。イギリスのＥＵ離脱の国民投票も国論を二分する投票であった。僅差で重要事項が決まる状態が、はたして良いことかどうかは、熟考の余地がありそうである。大衆の意見がいつも正しいとは言えない。扇動に乗りやすいのも大衆である。国民投票にかけるべき議題かどうかをよく吟味することが重要かもしれない。理性があると考えられる（大衆と比較して）選ばれた議員の判断（多数決）で決める方が、間違いが少ない場合もあるのである。

第二次世界大戦終了から70年以上経ち、アメリカが超大国として常に世界の中心にいたパックスアメリカーナは、どうやら今回の大統領選で大きく変化しそうである。アメリカの国内問題（貧富の差の拡大、人種、移民、経済の停滞など）が大きくなり、世界を引っ張って行く余裕がなくなってきたのである。トランプが選挙中にしきりと言っていた、アメリカファーストも、まずアメリカの利益を考えよう、ということである。世界のことを考えるのはその次、ということになる。ソ連の崩壊（１９９１年）で共産主義が終焉したのに続く、世界のパラダイムの大きな転換点になるのかもしれない。

飢餓と人間

人間の歴史は飢餓との闘いの歴史だという人もいる。人間も動物である。食物を食べなければ死んでしまう。モノを食べる、ということは人間が存在する為の不可欠な要素である。人類が地球上に誕生して以来、食料をいかに確保するかが、長い人類の歴史の主要課題であった。人間同士の争いも、とどのつまりは安心してモノが食べられる状態を作り出すというのが最終目的であったと思われる。

飢餓というのは、いつの時代でも存在している。現在でもアフリカの一部の地域や難民キャンプなどでは飢餓が身近にある。日本でも太平洋戦争中や戦後の混乱期は飢餓がそこにあった。多くの人が栄養失調で亡くなったのである。

人間は飢餓に直面すると動物に戻る。このあたりは山本七平氏の著書に詳しい。『ある異常体験者の偏見』（文春文庫）では、「飢えは人を狂わす。（中略）『空腹（ハングリー）は怒り（アングリー）』の言葉通り、単なる一時的空腹さえ、人間の冷静な判断をさまたげる。これが『飢え』となり、（中略）人間は完全に狂う。」と言っている。飢えの状態では冷静な思考はできないのである。手が食物に向かってかってに動く。自分の意志では制御できない状態が出現する。

栄養失調が続くと体のすべての細胞が劣化してくる。脳細胞も例外ではない。人の相貌は変わり、体は骨と皮になり、目だけがギラギラと光るようになってくる。排便する体力がないと、ガスが腹部に充満し、腹がふくれてくる。夢遊病者のように歩き回る。飢餓の絵に描かれている人の独特な目つき、挙止、体形はもう人間とは言えないものになっている。

飢えは胃袋だけの問題ではない。飢えの状態になると頭脳の方も正常ではなくなる。人に同情するとか、かわいそうにと思うような気持ちも無くなる。所謂、大脳皮質の制御が利かなくなり、本能の部分がむき出しになるのである。人間は、飢餓の状態から脱しようとして、生きていくために、極端な場合、人肉でも食べるのは歴史が証明している。

戦乱飢餓に苦しみつづけた中国人が、人間性悪説を考えたのは当然かもしれない。負け戦で困難な状況が続けば、人間の弱点を暴露し、本性を出さざるをえなくなる。極限状態では人間も動物に戻る。人間も単なる生物なのである。中国の為政者は、億単位の人間をいかに飢えさせずにするかが、長年統治の主題目であった。

レディーファーストが徹底している欧米の紳士も、どうしても乗らなければならない列車には、人を押しのけてでも乗るのである。日本でも、乗車の順番待ちに長い列を作っている光景がテレビなどで紹介され、外国から称賛されているが、これも人間性が維持できる程度に日本が安全であることの証明でもある。

一方、飢餓は一旦その状態から抜け出すと、忘れられやすい。空腹時の状況も一旦満腹になれば忘れてしまうのである。現在の食うに困らない状況下にある日本で、飢餓を想像することは大変難しいということになる。暖衣飽食の状況下の自分が考えることと、自分が飢餓状態に陥った時に考えることは全く違ってくると考えた方が良い。そういう状態に陥った時の、生き方や考え方、行動も違ってくる、という認識が重要となる。

今回は飢餓に焦点をあてて記述しているが、これは他人の感情の理解に関しても同じである。自分がその人と同じ状態に置かれていないと、その人の感情はなかなか理解できない。同情や共感も、現在の自分の状況下で生まれた同情や共感なのである。本当の気持ちは、その人と同じ状況に置かれなければ分からないということでもある。

やがて哀しき外国語

村上春樹氏は１９９１年から２年半はアメリカのニュージャージー州プリンストンに、その後２年半はマサチューセッツ州ケンブリッジに住んでいたそうである。プリンストン時代に書いたエッセイをまとめた『やがて哀しき外国語』という本がある。この本をたまたま本屋の文庫本のコーナーで見た時は、この表題がどういうわけか気に入って、買ってしまった。内容は、その時々のアメリカの生活で感じたことをエッセイに書いているが、どれも、そうだよな、同じようなことも経験したよな、と共感できるものなのである。

村上春樹氏と私は同世代の人間なので、同じ時代の流れや社会現象下で生きてきていることになる。また、私も同時期にアメリカで生活していたので、何となく親近感を覚えるのである。アメリカで生活しているとそれなりに文化や考え方の違いを体験することになり、それなりに日本で生活していたのでは経験できない場面に遭遇することになる（この辺のところは前著『アメリカの企業とは』にいろいろと書いている）。

ことばに関してもいろいろな思いがある。一般に私のように中学で初めて英語の勉強を開始し、その後、その当時の日本の教育制度で英語を勉強してきた人間は、それなりに英語ができるようになっても、ネイティブ並みのレベルにはいけないものである（もちろん例外もある）。それなりに日常生活では困らないレベル、普通にアメリカで仕事をするレベルにはなるが、アメリカ人と普通にひそひそ話ができるレベルにはなかなかいかないものである。こういうレベルの人が多いと思われる。

最近テレビで見る、日本語の非常にうまい外国人がいるが、どことなく発音やしゃべり方に違和感を覚える場合と同じである。ネイティブの言葉というのは、赤ん坊のころから発達する脳細胞の形成と関係あるのではないかと思える。脳細胞と連動する発声の仕方や舌や口の使い方が重要になる。語学は音楽と同じように、子供の時に体で覚えるものかもしれない。バイリンガルの人はそれぞれの言語を使っている脳の部分が違うという報告もあるが、脳の使い方や口の筋肉、発声のやり方まで変えないとなかなかネイティブ並みにはならないようである。

『やがて哀しき外国語』というのは、外国語を勉強してもなかなか到達できないネイティブのレベルの認識と、やはり我々日本人は、日本人の気持ちは日本語で最も良く表せるということの再認識で出てきた言葉のような気がする。私の場合も長年英語を使って生活してきたわけだが、英語を使っている時はそれなりに神経を集中しているようである。パーティーなどでも長く英語で話をしていると疲れが出る。日本語の場合は言葉自体に神経を使わなくても良いので楽なのである。

日本に帰ってきて、何かホッとするのは、相手の言うことが分からないのは、自分の語学力が不足しているからだ、と考える必要が無いことである。基本的に全ての日本語は分かるとの前提なので、相手の言うことが分からない場合は、気楽に聞き直せば良いだけである。このこと一つをとっても母国語で生活することの気安さがある。

英語を勉強し始めた時は、一つ一つの単語が珍しく、まさに一つ一つ違うおもちゃが与えられたかのように興味が持てて面白かった。いずれ世界で仕事をするときは、日本語は通じないので、グローバルに活動するには英語が必須と考えていた。それで学習にも力が入ったものである。大学院の時にオランダの原子力研究所に研修に行った時は、今まで学習した英語の実地応用として、英語を使った仕事や生活ができる実感が持てた。確かに英語はグローバル言語で、世界中どこに行っても、たいていの仕事は英語ができればなんとかなるものである（少なくとも日本語だけ話せるよりはまし）。

学生の時は、第二外国語でドイツ語を勉強したし（大学院の入試にドイツ語もあった）、それなりにドイツ語会話もできていた時期もある。それなりにきっかけがあり、フランス語やロシア語も勉強しようとテキストを揃えたこともあった。しかし、どの語学も勉強の意欲や興味が引いていくとともに、忙しさにまぎれて離れていった。

ある時期から、英語のレベルを上げる為にさらに勉強しようという意欲が落ちてきたように思える。興味はあるのだが、日々の生活の中で時間を割いて勉強するのが具体的にできなくなってきた。生活の中の優先順位が下がってきたということだろうか。語学の勉強の為に割く時間がもったいなくなってきたのかもしれない。自分の中にある語学のセンスに一定の見切りをつけ、語学に才能のある天才やバイリンガルの人に任せておけば良い、という心境である。「やがて哀しき外国語」である。

50年目の再会

中学卒業後50年の学年同窓会があった。幹事の人達が２年以上の準備時間をかけて、住所を探し出し、名簿を整備し、学年全体の同窓会を開催したのである。我々の年代は所謂団塊の世代の末尾につらなる人数の多い学年で、卒業時、１クラス約45名で14クラスあった。卒業生６１７名中、出席者１８７名、恩師４名の合計１９１名が出席する大きな同窓会であった。約３割（31％）の出席率である。物故者も47名（８％）であった。住所が判明した人は３９３名（64％）。

幹事の人達の努力の結果、統計的にも興味のある結果となっている。ちなみに２０１５年の統計では、65歳の平均余命は男性19年、女性24年となっている。

15歳の春に中学を卒業して以来、ほとんどの人が初めて会う人達である。当然、顔が分からない。当時のクラス写真と見比べて、話をしていて、徐々に思い出してくる。なかには会が終わってから、「ああそうだ、あいつかー」という人もいる。面白い実験でもあった。しかし、仲の良かった人は不思議と直ぐに分かった。女性の人は結婚して名前も変わっており、なかなか分からないものである。

村上春樹氏の小説『海辺のカフカ』は15歳の少年が主人公である。15歳は、日本の学校制度では中学3年生から高校1年生の年代である。今回50年ぶりに15歳の時の友達と話をしていて、現在と15歳の時とは性格などもあまり変わっていないことが実感された。人格形成は15歳の頃にはほぼ完成に近づいているということであろうか。もちろん例外もあるだろうし、一般論としての話である。15歳の時に勉強ができた人達は、それなりの高校や大学へ行き、それなりの人生を送っていた。

15歳という年齢は、大人への扉を開けたばかりで、精神的にも不安定な時期でもある。親からの独立を狙って家出をしたり、子供の時とは違う悪友と付き合い出したりする。引きこもりが本格化するのもこの時期である。15〜22歳ごろまでは、情緒も不安定で、車などの交通事故も多い。20歳以下は、自動車保険の加入価格が高くなるのもうなずける。体力は大人並みかそれ以上になっているので、男の子が暴れると大きな事件になることも多い。精神と体のバランスが取りにくい時期なのである。人生の大まかな方向性が決まる時期でもある。

中学の同窓生は、職業も多岐にわたり、いろいろな人生を歩んできている。高校や大学の同窓となると、わりと同じようなタイプの人が集まり、人生のバラエティの幅も狭くなるのは当然である。そういう意味で義務教育の時の同窓会は面白い。しかし、皆違った人生を歩んできているので、仕事や家族の話について、安心して聞けない雰囲気がある。当然、独身の人もいれば、離婚した人、子供のいない人もいるのである。物故者も８％いるのであるから、体の調子が悪い人や病気で出席できない人も少なくない。

同窓会に出席できる人は、一般に幸せな人生を過ごしてきた人が多いのではなかろうか。その数が約30％というのも面白い。住所が判明して出席の案内の行った人の約半分（49％）の人が参加したことになる。全国各地からわざわざ参加した人も多かった。幹事さん達の努力が大きかったことがうかがえる。同窓会そのものも良くオーガナイズされたすばらしいものであった。

50年、それぞれの人生を生きてきたわけであり、出席した人達はそれだけで輝いて見えた。出席できるということは、本人に出席できる体力（病気を抱えていたり、体のどこかが痛かったりしていては出席できない）があるということであり、経済力や周囲の環境が整っている、ということでもある（家族問題などで精神的に大きな負担があれば出席できない）。出席できた人は、それだけで感謝すべきかもしれない。

あちこちで談笑があり、それは大きなざわめきとなっていつまでも終わることが無かった。この50年間、日本が戦争に巻き込まれることもなく、平和であったということである。日本の高度成長期と個人の成長とが一体化した幸せな世代であったということでもある。

第3章

脳科学のおもしろさ

脳科学の進歩を追いかける

人間はいろいろなことを脳で考えて生活している。日常の生活では無意識で物事を処理している場合が多いが、その無意識も脳の働きの結果である。意識、心理、こころと呼ばれるものは明らかに脳の働きの結果である。脳の働きや機能を理解しようとする試みは、人間に意識が芽生えた時からあったのではなかろうか。最近ではＣＴやＰＥＴ（陽電子放射断層撮影法）などの新しい測定機器の発達で、今まで分からなかったことも次々に明らかにされてきている。

脳は原子・分子で構成された物質であるが、同時に脳が作り出すこころと社会が、人間が生きている世界である。宇宙を構成する物質世界を物理・化学で解明するのが自然科学、こころと社会を研究するのが人文・社会科学と言われてきた。この、こころと社会をも物理・化学で解明しようとするのが脳科学であると言える。脳科学の進歩は著しく、この20年ほどの間に次々と大きな発見があり、従来の常識を覆しながら日々発展を続けている。脳という小宇宙はまさに研究の新時代を迎えていると言える。

長年、「脳細胞は新生しない、日々どんどん壊れていく」と言われていたが、今世紀に入って、海馬の神経細胞が成人期に入っても新たに生まれているということも明らかになってきている。人間の気分やこころ、感情という「とらえどころのないもの」が、化学物質と神経回路の働きで説明されようとしているのが現代である。これらのことが、世界中で研究され、新しい事実が毎日明らかになっている。学生の時に習ったことや子供の頃から持っている常識が大きく変わってきているのである。新しい脳科学の成果をフォローしていかなければ、時代に取り残されていくと言えるかもしれない。

これらのフロンティアの情報はなかなか一般人には入ってこない。脳科学の分野は細分化され、それぞれの研究者はその専門領域で新しい事実をつかむべく格闘しているのである。毎週、『サイエンス』や『ネイチャー』などの専門科学雑誌に新しい論文が発表され、それらに目を通していないと最新の情報が入ってこないのである。当然雑誌に載るまでは投稿からのタイムラグがあり、生きた最新の情報は学会や研究者間にあることになる。

昔、専門の科学の一分野を研究していた時は、関連した論文が発表される雑誌や学会で、その分野の最先端の情報を集めたものである。そうしないと自分がやろうとしている研究が誰かに先にやられている危険がある。誰かが先に発表したことを研究しても意味がないし、論文にもならない。最先端の情報に接することは研究者にとって必要不可欠なことなのである。関連した分野の最近の論文を１００報ぐらい読むとその分野の総説（まとめ）が書けると言われる。つまり、客観的に自分の状況が把握できるのである。その上で研究のテーマを決め、チャレンジすることになる。

しかし、それを今、脳科学分野でやろうとすると脳科学者になるしかなくなってしまうのである。そこで、どうしたら脳科学の進歩についていけるかを考えてみた。一番良いのは定点観測である。脳科学分野で信頼できる研究者を数名ピックアップし、その人達の書く総説や本をフォローするのである。例えば、利根川進氏（ノーベル賞受賞者、理化学研究所脳科学総合研究センター長）が所属する理化学研究所がまとめた『つながる脳科学』（講談社、２０１６年）や池谷裕二氏（東大薬学部教授）の『自分では気づかない、ココロの盲点　完全版』（講談社、２０１６年）、加藤忠史氏（理化学研究所）編集の『ここまでわかった！　脳とこころ』（日本評論社、２０１６年）などである。

これらの研究者の出す総説や本をフォローしていけば、1〜2年のタイムラグ（遅れ）があるかもしれないが、それなりの最先端の情報を入手することができることになる。なにしろ最先端の研究者は毎週１００報を超す論文を読んで最先端の情報を収集し、自分達の研究に役立てているからである。それらを再整理し、まとめて発表してくれているので効率が良い。これらの信頼できる研究者を数名決めて定点観測するのである。こうすることによって一般人でも最新の脳科学の進歩がフォローできることになる。

特に東大の池谷裕二教授の本は最先端の脳科学の成果が分かりやすく書かれていて良い。特に高校生を対象に実際の講義を収録した本、『進化しすぎた脳』（講談社、２００７年）、『単純な脳、複雑な「私」』（講談社、２０１３年）には最先端の研究結果が分かりやすく書かれている。高校生（世の中の一般の人の知識レベルの代表）に講義しているのが良い。専門家同士でしか分からない言葉や常識を使っていない点が優れている。それでいて（この人の書く本は全てそうだが）、実際の出典論文をきちんと参考文献として挙げているところが親切である。必要であれば、読者は自分で論文や参考文献にあたって確認することができる。

古くから不思議なことと言われていたことが、最近の脳科学の発達でどんどんと明らかになってきている。例えば、臨死体験者が言う幽体離脱（自分が自分の肉体から離れて空中から自分を見ている）の経験もそういう神経回路が人間に存在していることが明らかになっている。側頭葉のある部分を刺激すると幽体離脱を起こすこともできるのである。「虫の知らせ」や透視、千里眼などの超常現象と知られることの多くが、脳内現象（脳の中でつくられた幻想）だと現在では考えられてきているのである。

脳の身体性

脳は神経系から発達してきたものと言われる。養老孟司氏の名著『唯脳論』（ちくま学芸文庫）にはナメクジウオの脳が出ているが、脳は単独で膨らまず（頭部には目も耳も鼻もない）そのまま脊髄と一体化している図があげられている。つまり、脳と脊髄はひとつながりのものなのである。便宜上、脳と脊髄に分けているだけということもできる。人間の場合、脊髄と脳は移行部の延髄でつながっていることになる。霊長類の脳の系統進化もあげられている。食虫類の小さな脳から霊長類の脳の大きさになり、ゴリラや人の脳の大きさになってきている。進化の過程で脳が大きくなってきたのである。

このことからも、脳と身体は一体であることがわかる。通常、我々は、頭で考えること（意識）と身体とは分けて考えがちだが、自分達の知らないところで、脳と身体とはもっと一体化しているのである。つまり、考えること（意識）も身体の影響を大きく受けている、ということである。よく、「健全な精神は健全な身体に宿る」と言われるが、一面の真理をついている。身体の調子が悪いと、思考や意識にも悪影響を及ぼしているのである。寝不足や疲れている時に良い考えが浮かばないのは当然かもしれない。
熱いモノに手が触れると、我々は反射的に手を引っ込める。これは無意識下の条件反射である。熱いという情報が脳で意識される前に処理され、身体が反応するのであろう。また、脳科学の実験では、手を動かそうという意識が生まれる前に、脳が手を動かす準備をしているそうである。準備が終わって、いよいよ動かせる状態になった時に、動かそうという意識が生まれるそうである。つまり、我々は意識とか、考え、とか偉そうなことを言っていても、外部から入ってくる情報で条件反射しているだけ、と考えることができるかもしれないのである。

逆に脳が身体に及ぼす影響を考えてみると面白い。五円玉を糸で吊るし、手で固定したとする。この時、五円玉を動かそうと念力をかけると、五円玉は実際に動き出すとのことである。これは観念運動と言って、オカルトと考えられた時代もあったが、今では、精密な測定から、本人が気が付かないほど、わずかに筋肉が動いていることが分かっている。子供の時にやった「コックリさん」(硬貨の上に指を置いていると自然と動き出す)も同じ現象である。脳が強く思うと気が付かないうちに筋肉が動いたりするのである。

テニスの試合の解説などで、「メンタルの強さ」も戦力の一つに挙げられたりするが、「相手に勝つ」という思いの強さが身体の微妙な筋肉の動きになり、試合に現れるのであろう。大相撲でも、立ち合いの前に平手で顔を叩いて、自分で「カツ」を入れる力士も多い。瞬発的な力を出すには気持ち（脳）が重要なのである。プロ野球選手のスランプも、考え過ぎて、メンタル的に弱気になった結果起こることも多いのではなかろうか。それほど、意識が身体に及ぼす影響は大きい。野球の試合でよく言われる、ムードや流れもそうである。全体に押せ押せムードになると、今まで打てなかった選手がヒットを打ったりする。これなども、雰囲気が選手の脳、さらには微妙な筋肉の動きに影響を及ぼしていると考えることができる。

このように考えると、脳の身体性を意識しておくことが、非常に重要なことが分かる。「どうせ負ける」と思って（メンタル的に負けて）試合に出れば、実力以下の能力しか試合で発揮できないであろう。日常の行動でも、強く理想の自分を意識して生活していると、理想の自分に近づいていける、とも言われている。無意識に、理想の自分に近づく為の日常の選択（これをやるかやらないか）をするようになるのである。

人間は良く（うまく、安全に、幸せに）生きたいと思っている。その思いが人間の社会を作り（人間は一人では生きられない）、科学技術を発展させて人類を増やしてきた。人類は、人間が生きやすいように周りの環境を変え、人間社会の形態を変えて生きてきた。脳が考え、脳が人間社会を作ってきたのである。ただ、脳は身体性から逃れることはできない。人間の五感を通じて、人間の脳に情報が入っており、情報の蓄積（記憶）でモノ事を考えているからである（考えるという行為も高次元になると、言葉が無ければできない）。

人間は脳の身体性という大きな制約のもとで考えていることになる。この身体性を忘れると抽象的な空論になってくる（早い話、どうでも良い議論となる）。人間が作る社会には、頭の中だけで考えられる理想社会は無いのかもしれない（例えば、全てが平等な社会というのは、地球上に存在しえないであろう。人間の能力や環境がもともと違っているからである）。人間が自然の一部である、との認識がベースに無いと、頭でっかちの議論だけの世界に陥ってしまうことになる。

脳内地図

脳は脳内の場所によって役割が違っていることがよく知られている。他の臓器（例えば肝臓など）は場所で機能が違うことはない。そういう意味で特殊かもしれない。脳の部位と体性感覚野に関しては、ペンフィールド（カナダの脳神経外科医、１８９１－１９７６）が描いた脳内地図（１９５２）が有名である。人間の身体の部位の機能が大脳のどこに対応しているかを示している。大脳皮質が受け持つ部分の大きさを見れば、人間の感覚器の重要度が分かる。人間の手や舌、目、鼻などの脳部分が、胴体の部分より、より大きな面積を有している。つまり、これらの器官から、脳に入る情報の多いことを示している。

ただ、この脳内地図は、状況によって大きく変化するとのことである。生まれながら指が4本の人は5本目に相当する脳神経が無い。しかし、くっついていた2本を分離したら、それぞれの指に相当する神経ができた、ということである。つまり、脳の中の地図は、身体への刺激をベースとして後天的に形成されたものと考えることができる。バイオリニストの指に関連する脳神経は大きくなっているそうである。つまり、身体からの刺激を増やしてやると、関連した脳細胞も増加する、ということになる。

現在は脳の中の各ニューロン（多くはニューロンの束）の電気信号を特定して記録することができるようになってきた（『つながる脳科学』）。つまり、何かを行った時に脳のどの部位のニューロンが発火した（動いた）かが分かるようになってきたのである。脳内地図のさらに詳細版が作れる、ということである。

特に興味深いのは、脳の中に場所細胞があるということが分かったことである。視覚や聴覚に関連した脳の感覚野があるならば、空間認識の脳部位が存在してもおかしくない。そう考えて、オキーフ博士（２０１４年度のノーベル生理学・医学賞受賞）は、その場所細胞のニューロンを見つけた。海馬の中にある特定の場所で発火するニューロンがあることが発見された。ある特定の場所を認識する脳部位（ニューロン）があるそうである。ある場所を覚えるということは、それに対応したニューロン（場所細胞）ができるということである。どこか、遠くへ歩いて行っても、元の場所に戻ってこれるのは、途中の目印を覚えておいたのと同時に、場所細胞が働いているのであろう。

なんと、ある患者の海馬にトム・クルーズ細胞というニューロンが発見されている（『つながる脳科学』）。たまたまトム・クルーズにだけ発火する細胞があったそうである。その細胞は、正面の写真でも横顔でも、文字情報だけでも発火したそうである。頭の中でトム・クルーズを考えている時でもこの細胞が発火するそうである。人を覚えている（顔や体形などで）ということは、こういう特定の細胞（ニューロン）を作って持っている、ということなのであろう。認知症の患者さんの中には、自分の子供も分からなくなる人もいるが、その時には海馬の中の子供の細胞（ニューロン）が消えていることを示しているのではなかろうか。

自分を認識している部位もあるそうである。側頭葉のある部分を刺激して麻痺させると、写真に写っている人間が自分か他人かが分からなくなるそうである。つまり、自分という存在も脳の一部でそう認識しているに過ぎないことになる。逆に特定の運動野を刺激すると、自分の意志とは関係なく、腕が上がったり、足で蹴ったりするそうである。頭頂葉と後頭葉の境界にある角回を刺激すると寒気（ぞわぞわ～とする感じ）がするそうである（『単純な脳、複雑な「私」』）。ベッドに横になっている人の右脳の角回を刺激すると、自分が２ｍほど浮かび上がって、天井のすぐ下から、自分がベッドに寝ているのが見えるそうである。幽体離脱であるが、これは、装置を使って脳を刺激すれば、いつでも人工的に起こせるようになった、ということである。

記憶も脳のニューロンの発火でできている。脳は緻密な神経回路のつながりでできているが、つながり方が変わることで記憶が形成される。神経回路の中に記憶が存在することになるが、いくつもの記憶が神経回路の中にオーバーラップしながら蓄えられている。蓄えられた情報はお互いにオーバーラップ（連想）したり、別の記憶情報と関連づけることによって新しいこと（創造）を思いつくことができたりする。

今後、さらに精密な脳内地図が作りあげられてくるであろう。一つ一つのシナプスの働きが解析され、相互のシナプスの関連性、さらにはその特定部分の役割が理解されるようになってくる。脳の活動がさらに解析されてくると、人間の行動もより深く理解されてくるであろう。

脳が体に及ぼす影響

人は本物の薬と信じて偽薬（本当は乳糖やブドウ糖などで治療効果のないもの）を飲むと病状が改善する事実があることが広く知られている。これをプラセボ効果という。薬の開発過程における、人に対する効果を確認する臨床試験では、本当にその薬の薬効で効果があったのか、プラセボ効果なのかを区別する為に偽薬を用いた比較対象試験が行われる。つまり、薬だと信じ込むことによって、その精神作用だけで実際に病気が改善することもあるということである。薬を飲んだという安心感が自然治癒力を引き出すのかもしれない。

精神（脳）と体には何らかの具体的なつながりがあるということになる。昔から、病は気から、とも言われている。気が病んでくると本当の病気になってくる。精神（脳）活動が体へ及ぼす影響はかなり大きいのではなかろうか。脳活動がなんらかのホルモンの分泌に影響を及ぼしているのかもしれない。脳の中には呼吸や心拍を制御し生命維持をつかさどる脳幹があり、大脳皮質を用いた脳活動が身体に何らかの影響を及ぼしても不思議はない。

仕事などでストレスが続くと胃や十二指腸に潰瘍ができることがある。これは精神的なプレッシャーが体に影響した例といえる。ストレスは神経系を収縮させ、血液の循環を悪くさせるのだろう。血管の周囲には神経が張り巡らされており、その神経が収縮すると血液の循環に影響を与えるのである。酒は百薬の長と言われているが、血中の適度なアルコール濃度が神経の緊張を取り、からだ全体の血の巡りを良くすることで体をリラックスさせている。

酒を飲んでほろ酔いかげんの時は、快い気分と遠慮のとれたくつろいだ気分になるものである。血液の循環が良くなり、筋肉の緊張がとれた状態が、体や心の健康に悪いはずはない。ただ酒の場合は、量がどうしても多くなるのが問題である。昔から「酒は飲むべし、飲まれるべからず」という諺があるように、適度でやめられることが重要となる。

酒を飲んだ時と同じような脳波が、自己催眠中にも見られる(『自己催眠術』平井富雄、光文社)。自己催眠でリラックスした感覚が得られると、実際に手や足先の血行が良くなり、ポカポカと温かくなってきて、冷え性などにも効果が出てくる。これも、末梢神経の緊張がゆるむことで血行が良くなっていると考えることができる。

ある作家が「本当に感動する本を読むと腋の下から汗が出る」と言っていたそうである。これもまさに脳活動が、直接からだに影響を及ぼしたことの例であろう。当たり前の話になるが、脳と体は切っても切れない関係にある。

読書家には長寿が多い傾向がある。必ずしも科学的なデータがあるわけではないが、古希まで生きるのが難しかった時代に、雑誌に原稿を書いたりしている読書家に、80代、90代まで生きる人が多かったという話がある。本を読むことは考えることに通じるので、読書と長寿の関係は、健康法にも関連しているのだろう。脳の中では、意欲を高めるドーパミンや不安を解消するセロトニン、幸福感をもたらすオキシトシンなどいろいろなホルモンが作られている。これらのホルモンは体内のいろいろな器官に関連しており、脳を働かすことは全身の健康に密接な関係があると言えるのである。

レオナルド・ダ・ヴィンチ（１４５２－１５１９）は、「モナ・リザ」などの絵画、彫刻、音楽、数学、解剖学など多方面で活躍したルネッサンス期の天才芸術家であるが、当時の平均寿命が30歳ぐらいであることを考えると67歳まで生きており、すこぶる長寿である。今ならゆうに１００歳を超えていることになるだろう。これも脳を活発に使った結果ではなかろうか。

人間には身体の健康と共に精神の健康も重要である。精神の健康を保つ為にも読書は不可欠で、日常の健康管理にも読書の習慣を入れるのが重要になる。読書を通じて世の中のいろいろなことに関する考察を深め、それらをアウトプットすることによって、社会のレベルアップに貢献することもできるのである。もちろん、脳を活発に活動させる方法は読書だけではない。会話や社会的な活動など、一般に生活する上で、人は脳をいろいろな形で使っている。しかし、読書は、それを通じて過去の人や世界の人と対話できるという点で、一つの重要な脳活性法と言えるのである。

人間の脳の発達

人類は言葉を獲得することによって、文明を作り出すことができるようになった。自分の脳で考えたことの他に他人の多くの脳で考えたことを集合することによって、より高度な次元の考えに到達することができたのである。また逆に、人類が続けている戦争も脳でできたものである。独裁者はアジ演説で自分の考え方を人々の頭の中に植え付けることができたのである。すべてこれらは言葉があることで人類ができたことである。

人間の子供はずいぶん未熟な状態で生まれてくる。犬でも馬でも普通動物は生まれてすぐに立ち上がって歩くことができる。動物学者はこの差を10カ月から11カ月とみている。確かに人間の子供も1歳近くになると歩き出す。このような差は、人間が直立して歩くようになった為、胎児が母体内に長くとどまることができなくなったのが一つの理由と言われている。また、人間の脳が他の動物と比べて大きい為、出産に耐えうる大きさに限界があるためとも言われている。

いずれにしても人間は1年ぐらいの未熟児で生まれているということは、脳も含めて体の筋肉など全般が1年くらい未熟ということである。動物が生まれてすぐ立って歩けるということは、それに相当する脳も出来上がっているということになる。人間の場合は、脳もまだ未熟な状態で、1年ぐらいかけて動物の脳の完成度に近づくということである。もちろん、人間は言葉を獲得することによって、動物とは全く違う高次の脳を持つ生き物になるのではあるが。

ソニー創業者の井深大は幼児教育に関心を寄せ、多くの著書を残している。その中で言っているのは、人間の能力や性格はこの脳が白紙から基本的な特性が完成される3歳ぐらいまでの育て方によって決まってくるということである。脳細胞は140億個あると言われているが、生まれたばかりの赤ん坊はまだこの脳細胞がほとんど稼働していなくて、3歳頃までに脳の基本配線ができると言われている。

脳は3歳頃までに急激に発達し、脳の重さも生後6カ月で約2倍になり、3年で大人の80%くらいになると言われている。つまり人間の脳は生まれてから約3年で大きく成長し、基本配線ができるということである。4歳以降は前頭葉が中心に発達、つまり配線されると言われている。それまでは、外からの情報をパターン化して取り込み記憶するという基本的な脳の配線の時期になる。

これをコンピューターにたとえると3歳まではハードウェアの形成時期、３歳以降はソフトウェアの形成時期と言えるかもしれない。つまり、３歳までのハードウェアが充分に形成され、容量や機能の大きいハードを３歳までに作っておけば、３歳以降のソフトウェアの発達が楽になるということになる。逆に３歳までのハードウェアが良くなければ、自我が芽生える３歳以降にいくらいろいろなことを学習させても効率が悪いことになると言える。

鈍感力とパスカル

平成19年に『鈍感力』（集英社）という本が渡辺淳一氏によって書かれ、１００万部を超えるベストセラーとなった。この本は、シャープで鋭敏なことが優れていると世間では思われているが、本当にそうなのか、という視点で書かれたものである。些細なことで揺るがない「鈍さ」こそが生きていく上で大切だ、ということに焦点をあてている。叱られてもへこたれない、いい意味での鈍感さや、鈍感さゆえにスムーズにいける結婚生活、会社生活を生き抜く鈍感さ、など日常生活でのトピックを例に挙げて、鈍感さがいかに生きていく上で重要か、ということをアンチテーゼ的に示している。このあたりが世間に共感を呼び、ベストセラーになったのだろう。

この本を読んで、パスカル（１６２３－１６６２）を思い出した。『パンセ』（パスカル著、塩川徹也訳、岩波文庫）の中でパスカルは、「人間は生まれた時から必ず死ぬという不幸な運命を背負って生きているので、それから目をそらす気晴らし（仕事などに熱中していることなど）が必要である」と言っている。人の不幸な運命（死を免れない）を忘れることができる能力が鈍感力に通じるのではなかろうか。人間は、気晴らし（気をまぎらわすもので、仕事でも遊びでも何でも良い）がなく、することが無い状態におかれると、どうしても自分の死すべき運命を考えてしまうと言うのである。

「気晴らし。人間は死と悲惨と無知とをいやすことができなかったので、自分を幸福にしようとして、それらをまったく考えないようにくふうした。」とも言っている。逆に言えば、人は何かに夢中になっている時が幸福なのである。スポーツ観戦で人があんなに興奮するのは、プレーヤーに感情移入し、同じ気持ちで戦い、他の事を忘れて夢中になるからである。それがストレス解消になるのであろう。

人は何事かに一生懸命になっている時が幸せなのである。学生の時は勉強に一生懸命になり、社会に出てからは仕事に一生懸命になって、人間が本来持っている不幸を考える暇が無い状態が今の世の中では、良いということになるのであろうか。

それでは、仕事をリタイアした後はどうするのか。一生懸命になれるものを探す必要がある。ボランティアでも良い、趣味でも良い、人それぞれである。三浦雄一郎氏は80歳でエベレストに登頂することを目標にして、日々鍛錬した。その目標を立てる前は、自堕落な生活を送り、メタボなからだであったとのことである。目標があれば、それに向かって人は一生懸命になる。目標が重要なのは、人を一生懸命にさせるからである。

子供が小さい頃、レゴブロックでよく遊んでいたのを覚えている。レゴブロックで車や飛行機などを楽しそうに作るのである。出来上がってしまうと、少しはそれで遊ぶが、すぐにつぶしてまた別のものを作り始める。せっかく苦労して良い作品を作ったのだから、そんなに簡単に分解しなくても……、と思って見ていたのを思い出す。大人だったら、その作品を記念に取っておく人も多いのではなかろうか。しかし、そうではなかったのである。作る過程が楽しいのである。出来たものより、それを作る過程の方が楽しいのである。これと同じことは、狩りや釣りなどにも言えるかもしれない。とれた獲物よりも、その過程で得られる興奮や集中が(本人には理解できなくても)目的なのである。

これは、人間の本質をついているのかもしれない。芸術家も作品を作っている時が一番幸せなのだろう。子育てで大変だ、仕事が忙しい、遊ぶ時間がない、生活が大変だ、もっと金が欲しいなどと言って毎日を過ごしている時が幸せだとパスカルは言っているのである。自分自身を省みることを妨げるからである。しかし、考えるということが、人間を人間たらしめている(動物と違う点)とも言っている。人間は自分達が悲惨であることを知っているからこそ偉大であると言っているのである。パスカルは、「人間は一本の葦にすぎないが、考える葦である」と言っているが、考えることの中に、人間の尊厳があるということであろう。

意識とは何か

通常あまり考えることもないが、人間はそれぞれの個人の意識のもとで日常生活を送っている。モノを見、音を聞き、気温や風を感じ、人と話をし、考えたりすることも意識下で行われている。意識のもとで日常生活し、仕事をしたり、遊んだりしているのである。認識したり、判断したり、考えたりという通常の脳活動を意識と考えても良いであろう。

脳がどのようにして意識を生み出し、さらにこころ（その人の考え）を生み出すのか、興味があるところである。現在では、脳科学や心理学でこころと意識が研究されている。人間とは何か、を考える時に、この意識について考えないわけにはいかないであろう。

意識にもいろいろある。日常生活における意識は皆が共有できるものである。そこに木がある、家がある、町があるというのは誰にも承認できることである。人間が共通の感覚（視覚や聴覚など）で意識できるものが日常生活の意識である。われわれ人間は、この日常生活上の意識で生活しており、社会が動いている。

ただ、この日常生活の意識でも、錯覚が入り込む余地がある。有名な「さかさメガネ」の研究では、さかさに見えるメガネを数週間かけていると、正常に見えてくるそうである。メガネをはずすと今度はさかさに見えだし、また数週間すればもとへ戻るそうである。人間は知覚を通して世界をみているが、脳は自分につごうが良いように判断しているのである。人が錯覚する例は多い。人間が知覚を通して意識していることも、あくまで人間の知覚の範囲内のことであり、その知覚も錯覚が入り込む余地のあるいいかげんなものなのである。

日常生活の意識もその人が置かれている状況でいろいろ変わる。無賃乗車している人には、制服を着た人が全て車掌に見えるかもしれない。夜道を一人で歩いている時には柳の枝が幽霊に見えるかもしれない。自分が正しいと考えていることも、その人が置かれている状況下でのその人の判断である。

意識の少し深いところが夢で現れると言われている。日常の体験や考えが無意識の中で再構成されて夢に現れてくる。フロイトは、夢は無意識による自己表現と考えた。夢の中ではふだん頭の中にあることが、曖昧な形でいろいろと現れてくる。映画の中の主人公になっていることもあるだろうし、死んだ人と話をしていることもあるだろう。ライオンに追いかけられていたり、強盗と戦っていたりする。その人が見た夢から、こころの深いところにある考えが読み取れたりする。

さらにもっと意識の深いところに降りていくと、曖昧な世界になっていく。これはもう個人の考えの範囲を越えて、人間として共通の意識になるのかもしれない。ここでは、人どうしの感情のつながりが生じるのではなかろうか。他人が悲しんでいると自分も悲しくなったり、人が拷問を受けている場面を見て、自分も同じような痛みを想像したりする。宗教も、この人間として持っている共通の意識をベースにしているのではなかろうか。

芸術もこの深層意識に訴えるものがあれば、人類共通の財産となる。小説でも人間の深層意識を揺さぶるものがあれば古典として読みつがれていく。地域や言語、人種には関係のない人類普遍の深層心理に訴えるからである。禅僧が瞑想しているのは、意識の状態を変えてもっと深いところへ降りていっているのではなかろうか。

人の脳は意識を持つとはいえ、実際は無意識で膨大な情報を処理している。脳幹は基本的な生命維持装置で呼吸などの自律神経系の中枢である。睡眠と覚醒を制御している。小脳は知覚と運動制御を担っている。大脳は思考を担う大脳皮質や大脳基底核、記憶を司る海馬、情動に関係する扁桃核などからなり高次の精神機能はここに生じる。つまり、脳は個体の維持の為に本人の意識の外で、環境からの膨大な情報を処理して活動しているのである。

無意識で処理されている情報量から考えると意識に上るのは氷山の一角ということができる。脳は視覚、聴覚、触覚などの多くの感覚器から情報を受け取り、必要の無いものは意識に上らせることなく、直ちに必要な行動に移している。人は歩いている時に足の出し方などは通常考えていない。階段を上る時の一段の高さも無意識で計測し、理解し、無意識で上っている。自動車を運転しているときもかなりの部分は無意識でコントロールしている。

それでは、意識は脳のどこで生じているのであろうか。視覚や聴覚などは脳のどの部分で処理されているかが分かってきているが、それらを統合した意識は特定の部位で処理されているのではなさそうである。意識は、記憶を含めた多くの部位が協同した集団活動の結果生じるらしい。夜寝ているときに意識がないのは、この脳の協同集団活動が止まっているからと説明ができる。例えば、脳の視覚を司る部分だけが活動しても意識は生じない。この活動がさらに高次の脳の領域に伝わり、そこで総合的に処理されると、何が見えているか、が意識として現れるのである。

よく、人が動き出そうとする前にすでに筋肉は動き出している、と言われる。本人の意思とは関係なしに、体の方が先に動いていることがある。野球選手がバッターボックスでボールを打つ時は、意識してバットを振るというよりは、反射神経や練習で体にしみ込んだ感覚で無意識の領域で反応していると言えるであろう。意識というのは、膨大な無意識の内のほんの一部である。無意識は体と一体化しているのである。

人間は、視覚聴覚触覚など多くのセンサーで得た情報を脳で処理しているが、そこで感知するほとんどの情報を無視することによって、活動が可能になっていると言われている。重要でない情報を無意識で無視することによって、重要な情報のみを取り出し、それをもとに意識して行動している。例えば、人間は歩いている時は、刻々と変わる天気や道路の状態、障害物や周りの景色などの情報を、五感を通じて感じているが、これらのほとんどの情報を無視して、歩く為に最重要な情報だけを取り出して歩いているのである。

ロボットや人工知能では、この無視の機能を再現しない限り、人工知能制御のロボットは歩くこともできなくなる。これは一般にこの分野で、フレーム問題と言われている。人間は、目的とは関係ないことを無意識で自動的にカットしているが、人工知能にはこれができない。認知された情報を全て処理するには膨大な演算が必要になり、その結果、動けなくなってしまうのである。そういう意味で、人間は無意識下でも、いろいろな状況判断を行っていることになる。人間の意識とは何か、を考える時、この無意識を理解することが重要となるのである。

皮膚（人間と自然との境界）

人間を自然界から隔てているものは皮膚である。自己と他者との国境ということもできる。考えてみると皮膚というのはけっこう奥が深い。暑い寒いは皮膚を通しての感覚であり、触感を通じての情報も人間が暮らす上で重要な意味を持っている。握手というのも、人間関係を構築する上で、自然に生まれたものではなかろうか。けが（外傷）をした時の痛みも生命維持に重要な役割を果たしている。皮膚を通して、その人の体の調子も分かることもある。「顔色が悪い」というのは何らかの病気のサインでもある。皮膚感覚という言葉もある。

皮膚は自己と自然（または他人）との境界であり、人間の形を作っている一番外側にあるものであるが、詳細に見ていくとその境界も曖昧と言えるものかもしれない。我々は輪郭を自分達の意識の中で作り出しているが、ミクロに見ると皮膚を通してガスや水蒸気が常に行き来しており、さらに分子や原子のレベルになるとどこが境界か分かりにくくなる。時間軸でみると、人間は1個の受精卵から出来上がり、皮膚で覆われた一つの個体を経て死に、また自然に戻っていくと言える。

我々は自分自身の存在を、外界から隔離された、しっかりした個体だと思っているが、実際は原子の流入と流出の流れの中にある液体のようなものと言える。その液体をとりあえず覆っているものが皮膚なのである。モノの輪郭というものは、本来は曖昧なものであり、とても１本の線で描けるものではないのかもしれない。ルノアールはフランス印象派の画家であるが、最盛期の絵は輪郭を曖昧な形で描いている。しかし、晩年は印象派の画風から離れ、より明確な輪郭の絵に挑戦したと言われている。芸術家は人間の存在を根本的なところから見ているのだろう。

本来、人間は自然の一部であり、自然と一体化した存在と言える。自然と人間を分けているのは人間の意識にほかならない。自分と自然との区別がつくのは、脳がそういう線引きをしているからである。脳の中には自己の領域を決めている部位があり、空間定位の領野と呼ばれている。この部分が壊れるとどうなるかは、脳科学者のジル・ボルト・テイラーが、自分の脳卒中の体験をもとに具体的に書き残している（『奇跡の脳』ジル・ボルト・テイラー著、竹内薫訳、新潮社）。

脳卒中が起こった時の状態を次のように書いている。「どこで自分が始まって終わっているのか、というからだの境界すらはっきりわからない。なんとも奇妙な感覚。からだが、固体ではなくて流体であるかのような感じ。まわりの空間や空気の流れに溶け込んでしまい、もう、からだと他のものの区別がつかない。認識しようとする頭と、指を思うように動かす力との関係がずれていくのを感じつつ、からだの塊はずっしりと重くなり、まるでエネルギーが切れたかのようでした。」自分がまわりの世界と一体化した感じが得られたそうである。

「うわ、わたしって、すごく変でびっくりしちゃう生きもの。生きてる！　これって生きてるってことよね！　海水がふくろにいっぱいに詰まってるのよ。ここで、こんなかたちで、意識のある心があって、このからだは生きるための乗り物。ひとつの心を分け合う、数兆の細胞のカタマリ。それが今ここで、命として栄えてるってこと。スゴイ、これってスゴイよね！　わたしはさいぼうでできた命、ううん、器用な手先と認識の心をもった、分子でできた命なんだわ！」

また、「肉体の境界の知覚はもう、皮膚が空気に触れるところで終わらなくなっていました。」とも書いている。空間定位の脳の働きがなくなると、人間が自然と一体化している実感が得られているのである。

日本文学の中で、皮膚を鋭敏に感じていた小説家は安部公房であろう。「洪水」（『壁』収録、新潮文庫）の中で液体人間を描いている。「不意に体の輪廓が不明瞭になり、足のほうからとろけ、へなへなとうずくまり、服と帽子と靴だけを残してぼってりとした粘液のかたまりになり、最後に完全な液体に変って平たく地面に拡がった。」との描写はまさにジル・ボルト・テイラーの感じた世界と同じである。

また、『カンガルー・ノート』（新潮文庫）では、ある朝突然、かいわれ大根が脛に生えた男の話を書いている。日常生活ではあり得ない設定で物語が進行する。その男は、自分の脛に生えたかいわれ大根を食ったりするわけだが、皮膚感覚を通して、テーマとなっている「死」を感じ取ろうとしている。かいわれ大根は水耕栽培で作られているのであるから、条件さえ整えば、皮膚から生えてもおかしくないのかもしれない。

『砂の女』（新潮文庫）では、皮膚にへばりつく砂の感覚が全編に流れている。「文明の高さは、皮膚の清潔度に比例しているという。人間に、もしか魂があるとすれば、おそらく皮膚に宿っているにちがいない。水のことを思っただけで、よごれた皮膚は、何万個もの吸盤になる。氷のように冷たく透明で、しかも羽毛のようにやわらかな、魂の包帯……あと一分おくれたら、全身の皮膚がべろべろに腐って、はげ落ちてしまうだろう。」と書いている。なにやら皮膚の本質を突いているような気もするのである。

モノを分けるという考えも、自然と人間とを分けている皮膚が出発点になる。皮膚が見方によれば、明確な境界でない、とすれば、境界（すなわち分けているもの）をどう捉えられるかでモノの見方も変わってきてもおかしくない。臨死問題もそうである。どこで死を認定するかが問題となっている。脳が活動を止めた時、心臓が止まった時、呼吸が止まった時などいろいろあるが、爪や髪の毛の細胞は心臓が停止してもまだまだ活動しており、境界は線で引けるほど明確でない。

西洋の文明は物事を分けることから出来上がってきた。ＡかＢか。ＡでなければＢである、という考え方である。しかし、見方によっては、自然界にはＡプラスもあればＡマイナスもある。モノの境界は曖昧なのが本質ではなかろうか。ヒトの考え方も同様で、二者選択の世界では、どこかで行き詰まる気がする。

トボけたアリの話

アリが何匹も行列を作って、次々にエサを巣に運んでいるのを見ることがある。自然界にあるなかなか不思議に見える現象だが、その仕組みはかなり分かってきている。エサを運ぶアリは揮発性のフェロモンを出していて、そのフェロモンの濃いところをたどって次のアリが行く。そしてそのアリもエサを運ぶ時にフェロモンを出し、次々とアリがつながって行くことになる。フェロモンは場所と時間（揮発するので、その濃度が変化する）なのである。

ほとんどのアリは、それらのフェロモンの情報に従って効率的にエサを運ぶのだが、フェロモンの誘惑に乗らないで、かってにその辺をうろつくアリも少数ながらいるらしい。このトボけたアリはエサを運ぶ作業に加わらず、かってにブラブラとしている。一見、無意味なアリのように見えるが、アリの集団の生存という観点からみると重要な働きをしているらしい。効率的にエサを運ぶのには貢献していないが、ブラブラしている間にもっと良いエサを見つけるかもしれないのである。もちろん外敵に見つかって食われてしまうかもしれないが……。

集団の全員が一斉に一つの行動を取ると、その行動が危険にさらされた場合、全滅の可能性がある。ブラブラと集団から離れて行動しているアリだけが生き残ることもある。何パーセントかの確率で危険を分散している仕掛けと捉えることもできるのである。当然、より積極的にエサを探すことにも貢献するかもしれない。なぜ進化の過程で、こういうトボけたアリが存在する仕組みが残ったのかは、それなりの理由があるのであろう。当然、全てのアリがフェロモンの情報に従ってエサを運ぶ方が効率が良い。しかし、効率を犠牲にしてでも、こういうブラブラアリがいた方が種の存続にとっては有利であったのであろう。

優秀な100点満点のアリの集団は、一見すると完璧で最強なグループに見えるけれど、結果として遠くのエサにしがみつく、非効率な状況に陥ってしまう可能性がある。トボけたアリがいることによって、偶然にも近くのエサにありつけることもあるのである。ブラブラしているアリの効用である。ヒトも同様で、できるヤツばかりの集団は案外モロくてダメだったりする。ときどき変なことをするヒトが入っていないと全体としてはうまく機能しないのである。多様性が重要なのである。

会社の人事部が新入社員を採用する場合も、一流大学の同じような人ばかり採用してもダメなのである。採用のやり方にも工夫が必要ではないか。地方大学や高等専門学校などの卒業生に、ビジネスの世界で将来大化けする逸材が含まれている可能性もある。ビジネスは学業の成績と必ずしも相関しない。松下幸之助氏や本田宗一郎氏などを見ても、学歴は一つの目安であっても全てではないことが分かる。本当の知恵を持った人、ビジネスに向いた人の採用が重要なのである。

最近、財閥系の一流企業や有名大手電機メーカーなどが経営危機に陥ったというニュースをよく聞く。こういう企業は、学業成績の良い所謂優秀な人材ばかりを採ってきたので、考え方が一元化し、企業を取り巻く環境の変化に対応できなかったのではなかろうか。同じ種類の人ばかりが集まった集団は、周りの環境が安定し、変化が少ない時代には強みを発揮するが、考え方に幅が小さい為、大きな変化では絶滅する危険性があるのである。組織の永続性を考えた場合、異質な人材を含めた幅広い人材を内部に持っている集団の方が強いと思える。

もちろん、異質な人材が多過ぎても困る。かってなことばかりする人が多過ぎては効率がさがり、組織としては競争に負けることになる。それではどれくらいの割合が良いのだろうか。自然科学の実験を行う場合、同じ実験をしても実験誤差というものがどうしても発生する。その時、誤差が5％以内というのが一つの目安になることが多い。それを考えると異質な人間の割合は、多くても全体の5％ぐらいが良いのではないかと思える。この範囲だと所謂実験誤差範囲内で、その人達が何をしていようと、通常の全体の業績には大きな変化はないと思える。

アリなどの集団では、働かないアリが常に20%ぐらいいるそうである。生産効率が下がるので、自然界に何故存在するのか不思議であり、研究されたりする。研究の結果分かったことの一つは、働きアリが疲れた時に普段働いていないアリが働くということもあるらしい。トボけたアリは、今までのエサと違うエサを見つけてきたり、いろいろな危機管理に役立ったりしているのである。一見無駄なアリも集団の存続には必要なのである。

人間の集団である企業を考えた場合、製造業では企業内に研究開発部門を抱えているところが多い。現在販売している製品はいずれ時代に合わなくなってくるし、新しい分野の新製品や新事業を次々に作り出していかないと企業の存続が危うくなるからである。しかし、研究開発部門は直接現業の利益に貢献せずに費用ばかりかかる部門でもある。企業の存続を考えれば、どうしても必要な部門であるが、どの程度の費用をかけるのが良いかは経営の重要な問題となる。この費用を削れば、当面の業績は良くなるが、将来の新製品が出にくくなる。この場合も一つの目安は、売り上げの5%ぐらい、というところであろうか。もちろん企業の置かれている状況によって違ってくるのは当然である。

研究開発投資（ゆらぎ、あそび、将来に対する投資）を適切に継続してきた企業とそうでない企業との差は歴然と出る。有名な例では、写真フィルムで一世を風靡したコダックと富士フイルムの違いであろう。世の中のデジタルカメラ化が進み、写真フィルムの需要が激減した時に、コダックが業績悪化に陥ったのに対し、研究開発にしっかり投資していた富士フイルムは別の事業を起こし業績を維持した。これも組織の中にトボけたアリ（研究開発投資）をしっかり持っていたかどうかの分かれ目である。

人類という大きなくくりを考えた場合には、所謂サイコパスと思われる人がトボけたアリに相当するのかもしれない。サイコパスとは、連続殺人犯など反社会的な人格を説明するために開発された概念だが、現在では反社会的な行動を取りやすい、他人のことを考慮せず、好きにふるまい、協力的ではない、他人に対する共感性を認識する部分が一般人と違う、などの傾向を示す人のことを言う。現在では必ずしも犯罪者ばかりでなく、大企業のＣＥＯや弁護士、外科医などの大胆な決断をしなければならない職業の人にこの傾向があるとも言われている。一般に社会のルールに従わない傾向の強い人と言える。もちろんサイコパシー（サイコパス傾向）の強い人も弱い人もいて一般に見分けることは難しい。

現在、このサイコパスと思われる人が人類の中に１～５％いると言われている。ハーバードメディカルスクールの精神医学部で心理学インストラクターを長年務めた心理学者マーサ・スタウトによれば、サイコパスはアメリカの全人口の４％にものぼるとのことである（『サイコパス』中野信子、文春新書）。サイコパス傾向の人は扁桃体の活動が低く、恐怖を感じにくい脳を持っており、扁桃体と前頭前皮質（理性を司っている部分）の結びつきが弱く、良心というブレーキが利きにくい傾向を持っている。

人類という種の繁栄には、こういうサイコパス傾向を持つ人が数パーセントいることが重要だったとも言える。規則を守らないなどのサイコパス傾向を持つ人は一般の人からは厄介な存在である。しかし、あまり恐怖を感じずに危険な冒険ができるのもサイコパスの特徴である。米国陸軍士官学校の教官によれば、戦場でためらいなく敵兵を撃てるのは１００人に１人か２人しかいないそうである。まさにこういう人がサイコパスであろう。リスクに直面しても恐怖を感じず冷静に物事に対処できるサイコパスが活躍できる場面も人類の歴史では多かったものと思われる。

同じ人の一生の中でも、青年期はまだまだ扁桃体と前頭前皮質とのつながりが弱く、サイコパス傾向が強くなる。危険をかえりみずに冒険にチャレンジできるのである。人間の社会は、長い歴史を踏まえて大人が作ってきたもので、そこにあるルールに従わないルールブレイクのサイコパス傾向も示す。こういうサイコパス傾向も状況によっては必要なのである。大きくとらえれば、サイコパスも人類という種の生存には必要なのであろう。

何事でも１００％完全なものは危ないということである。車のハンドルに遊びが必要なように、適度にゆらぎや遊びが無いと不測の事態に対応できなかったり、いろいろな不都合が生じたりしてくるらしい。仕事に、休みやバカンスが必要なのもうなずける。一心不乱は危ない。周りを見回す余裕を常に持つ方が長期に安定しているのである。もともと脳はゆらいでいるのである。

心の病について

内閣府の統計によると、平成26年の日本の自殺者は約2万5000人くらいいるそうである。自殺未遂者はこれの約10倍いると言われており、大きな社会問題になっている。特に20代30代では、自殺は死因のトップとのことである。その第一次の原因は、健康問題、経済・生活問題、家庭問題、勤務問題などに分類されているが、それぞれの原因がうつ病などの心の病になり、自殺へつながっている。

日本ではうつ病を患っている人は人口の約1%、100万人近くいて、世界では3億5千万人のうつ病患者がいると言われている。すごい数である。人間は身体の健康と共に心の健康にも配慮する必要がある。例えば、人間の魂に直接訴える芸術は、人間の心を癒やす働きをしているのではないだろうか。

芸術も古典と言われて、世代や国を超えて生き残っているものは、人間のこころに直接訴え、共感を与えるモノを持っているのである。芸術は時代の病や文化の病、人の病を引き受ける力を持っている。芸術家は自分の病を癒やす為に作品を作り、同時に人々を癒やしているのではないだろうか。人間は完璧ではなく、精神的にも弱みを持った、ある意味では全員病人と言えるが、だれでもそれを表現できるわけではない。しかし、それを表現した芸術に共感することはできるのである。

ビジネスの視点で見ても、巨大なマーケットが存在していることになる。日本にうつ病患者が１００万人いて、その10倍の人がその周りにいるとすれば、１０００万人近いマーケットがあることになる。それらの人にフィットする小説や本は１００万部以上を売り上げるベストセラーになるのである。さらに世界でみれば、その数十倍の本が売れることになる。

村上春樹氏の小説は、多くの人を共感させる何かを持っている。『ノルウェイの森』が通算で１０００万部売れているそうだが、小説に共感して本を買った人がそれだけの数いる、ということである。この小説は、青春群像を描いた恋愛小説だが、書かれている内容がある意味、多くの人に共感を与えている。歌謡曲などのヒット作も同じである。人は、その歌に共感して、その歌が好きでＣＤを買い、繰り返し聞くのである。クラシック音楽もビートルズもジャズも同じである。どの分野でもヒットの目安が日本では、１００万部ぐらい売れるかどうか、というのもおもしろい。

世界規模のマーケットでみれば、１００万部の数十倍で数千万部になる。『ノルウェイの森』は各国語で翻訳されて世界規模で売れているので１０００万部売れたのも納得できる。

団塊の世代は昭和22〜24年の3年間に生まれた世代で、約８００万人おり、巨大なマーケットを形成している。最近、テレビなどでもこの団塊の世代をターゲットにした懐かしのメロディーなどの番組が多いが、それは、そういうものを求める人が多い、ということでもある。村上春樹氏も団塊の世代であり、数が多い同世代が共感できている、というのもあるであろう。

プラハと鍵とカフカ

プラハはチェコ共和国の首都で、ドイツのミュンヘンから高速道路を使うと半日で行ける距離にある。途中国境でチェコ国内の高速券購入と両替（ユーロからコルナ）をすると簡単にチェコ国内に入れ、改めてドイツとの距離の近さが実感される。第二次世界大戦でヒトラーがチェコをまず占領したのもうなずける。チェコ国内に入るとドイツとは違う、少しうらぶれた印象を受ける。ドライブインでの食事もじゃがいも料理中心の質素なメニューが多い。

プラハは9世紀のプラハ城建設以来、14世紀には神聖ローマ帝国の首都になって栄えた。国としては、周辺のドイツ、オーストリア、ハンガリーと統廃合をくりかえし、第一次世界大戦後のオーストリア・ハンガリー帝国の崩壊によりチェコスロバキア共和国が建設され、第二次世界大戦後は社会主義国チェコスロバキアとなっている。１９６８年のプラハの春（自由化運動がワルシャワ条約機構軍で弾圧された）、１９９３年にはチェコとスロバキアの分裂、最近では核廃絶を訴えたオバマ大統領の演説、などプラハは歴史の舞台となってきた。

有名なカレル橋がかかっているモルダウ河の河畔に旧市街が広がっている。第二次世界大戦でプラハ在住の約5万人のユダヤ人が殺害された歴史があり、旧市街の中心に飾られているヤン・フスの銅像も、他のヨーロッパ諸国の町の中心に多い英雄の像とは違い、苦悩に満ちた殉教者の像である。なんとなく、東欧の暗い雰囲気も感じられる町である。

プラハ城を見学し、帰り道のプラハ市街が一望できるレストランで昼食を取り、ピルスナービールを飲んだ。坂を下ったところにある、あまり人が来そうにないトイレに家内が入ったが、なかなか出て来ない。そのうち、中から「開けてー」という大きな声が聞こえてきた。女性用トイレであったにもかかわらず慌てて中に入り（他には誰もいなかった）外からトイレのドアを開けた。中からはノブが空回りして開けることができなかったとのこと。一つ一つの個室がジュラルミンのような金属で完全に覆われており、非常に恐怖を感じたとのこと。

そういえば、旧市街に取った旧式のホテルに宿泊していたが、この部屋の鍵も難物であった。慣れればどうということもないのだろうが、右に回しても、左に回しても手ごたえがなく、いろいろやってみても結局開けられず、ホテルの従業員を呼んだぐらいである。毎回、部屋に戻って鍵を開けるのに一苦労した。西欧は鍵の文化であるが、特に東欧の社会では鍵の持つ意味は大きい。カフカの小説『変身』で、主人公が虫に変身したのも鍵のかかっている自室であった。

『変身』は、虫に変身した主人公が、周りの人達とコミュニケーションも取れず、何の救いも見つけられない世界の中で、最後は孤独に死んでいく、という話だが、現在の引きこもりを含めたいろいろな人の状況を表現していると捉えることもできる。現代の人間が抱えている「仕事がきらいだ」「世間があたりまえだと考えていることができない」「ずっと引きこもっていたい」という感情が再確認できるのである。それで、世界に「自分のことが、この小説に書かれている」と共感する人が多いのだろう。

カフカの作品を読んで何か共感を得られる人が多いのは、人間の奥深いところにある心の動きや感情が作品に表れているからであろう。自分を知る鏡としての役割があるのではなかろうか。

カフカは１８８３年にプラハのユダヤ人の家庭に生まれた。『変身』の他に『判決』『断食芸人』『掟の前で』『城』『流刑地にて』などの作品があるが、これらの作品を読んで何か心に響いたという人がこれだけ世界中に多くいる、ということが今日でも作品が読み継がれている証しであろう。カフカの住居や活動範囲がプラハの旧市街であったということは、彼の作品にプラハという街が持つ雰囲気や歴史がそれなりに影響していたと思える。プラハは世界の最も美しい街の一つに挙げられる歴史の残るすばらしい都市であるが、どことなく暗い印象を与えるところもある。カフカの作品を流れる暗鬱性にも影響を与えているのかもしれない。

無意識のコントロール

人間は無意識でいろいろなことを判断している。人は外見や顔つきで見ず知らずの人の性格までも無意識で判断している。人の性格はその人のファッションや髪型、顔つきにも表れるからである。その判断がかなりの確率で当たっているそうである。面接試験というのがあるが、何人かの経験のある試験官がその人の話す内容、受け答えなどから、その人の能力まで判断する。それなりに当たっているという事実が、世界中で面接試験が存在している理由である。

無意識は、その人の経験や記憶、知覚など全ての情報が統合されて出来上がったものである。人は、意識上で自分と他人、外界と分けているが、実際はそういうふうに単純に分けられないかもしれない。無意識のレベルではつながっているところもあるのではなかろうか。他人の考えが自分を支配している時もあるであろう。それでは自分の無意識をコントロールすることはできるのであろうか。まず、無意識や潜在意識というものは、その人の記憶をベースに出来上がっていることを認識する必要がある。

人の記憶には短期記憶と長期記憶とがある。短期記憶は外部からの情報が脳の海馬によって蓄えられる。それが整理された状態で大脳皮質の中のしかるべき部分に蓄えられる、これが長期記憶である。海馬に損傷のある人は、通常に生活していても、1時間前や昨日のことなどの短期記憶は完全に忘れているそうである。海馬はその人が寝ている間に記憶を整理定着させると言われている。このように出来上がった記憶が無意識の判断のベースになっている。

よく、科学的な大発見やノーベル賞級の発見は、その人が日常の何でもない時に思いついたと言われている。風呂に入っているときに世界的な発見を思いついたりしている。これは、その人の日頃の研究や考察が潜在意識のレベルまで落ちていき、脳の中で発酵し（いろいろな経験や研究と一体化し）、ある日、形となってその人の脳の中に浮かび上がってくる現象と言える。

精神法則に関する世界最高の後援者と言われる宗教家のジョセフ・マーフィー（1898－1981）は無意識（潜在意識）を利用することによって、自らや周りの人々を幸福へと導く「潜在意識の法則」を提唱した。自分の目標、理想、その他手に入れたいものを念じて、潜在意識（無意識）に吹き込むことにより、手に入れることができる、と説いている。どの宗教にもある「祈り」に通じるものかもしれない。

いろいろな判断をしているその人の無意識の領域に、人間として正しいと考えられていること（それぞれの宗教の教義）を吹き込むことは、その人が生活している社会で、適切な判断や行動を引き起こす手助けとなる。人間の無意識の領域でそのつもりになれば、現実にそのようになってくると説いている。

多くの人が経験することであるが、例えば、「明日の朝６時に起きよう」と思って寝ると、自然とその時間になると目覚めることがある。これも、無意識の領域に意識的に意図をインプットした結果と考えることができる。

また、人間の無意識はその人の体にも直接影響を及ぼす可能性も大きい。病は気から、と昔から言われているように、精神的に病気に負けてしまうと、病気も治らない。逆に精神的に病気に勝てるとプラセボ効果が発現し、病気も治る可能性が高くなってくる。

有名なルルドの奇跡（１８５８年、治療不可能な難病がルルドの泉の水によって治ったというもの。多くの奇跡が認定されている）もこの無意識のプラセボ効果かもしれない。人間の体には自己免疫機能があり、それが最大限発揮される状態になると、医学的には難病とされる病も治るのかもしれない。これらの奇跡と呼ばれる事実は、たいてい宗教の範疇に入ってくるが、念ずること（祈り）を通して、人の潜在意識に作用し、その人の体の状態や日常生活に影響を及ぼすのである。無意識の領域では人と人がつながっているところもあるのかもしれない。

自己催眠術も無意識の領域をコントロールするものの一つである。実際に「腕が重たい」「腕が温かい」と念じて、自己で自分に催眠をかけられるようになると、現実に体に生理的な変化が表れ、実際に腕が重たくなったり、温かくなったりする。腕の筋肉を弛緩させることによって、末梢神経を休め、ひいては緊張しすぎた心を自然なやわらいだ状態に戻すという効果がある。

自分の日常生活のかなりの部分が、脳の無意識の領域で行われているという事実を認識するのは重要である。その上で、その無意識の領域をポジティブにコントロールすることによって、人はより豊かな人生を生きることができるということである。

超能力について

70億近くいる人類の中には普通の人には備わっていない特殊な能力を持つ人がいても不思議ではない。古来そういう人は預言者や占い師となっていたのかもしれない。テレビの番組で特集していたのだが、ロシアではそのような特殊な能力を持つ人を集めたセンターを作り、警察で解決できない事件の解決に役立てているそうである。

実際に、その人は殺人事件の犯人を透視で見つけだし、死体が埋まっている場所までも特定していた。その時必要な情報はいなくなった正確な日付と写真とのことである。この人はいろいろな難事件の解決に貢献しているとのこと。驚いたことに、警察がその人の証言を捜査の過程で採用しているということである。オフィシャルにも裁判の時の証拠として使っている。このことは社会的にも超能力者の存在を認めていることになる。

また、アメリカ人の別の人は、殺されて埋められている人の霊からイメージのメッセージを受け、それを手がかりに、後に犯人の自白から得られた情報と同じ場所に埋められているのを当てている。

おもしろいことには、ロシアは国の機関としてそういう特殊能力を持った人を集めて、有効活用している、ということである。アメリカも一時期、同じような超能力者を集めるセンターを作っていたそうである。それだけ、超能力者が存在するという多くの事実があるということでもある。しかし、超能力があるという人の多くは偽物であるということも番組の中で言っていた。占いなどで金を稼いでいる人の多くは偽物なのかもしれないが……。

村上春樹氏の小説、『ねじまき鳥クロニクル』もある意味超能力者を扱っている。実際に一般の人が持っていない、特殊な能力を持った人がいてもおかしくない。一般の人は常識の範囲でしか考えられないのでなかなか理解できないだけである。紫外線が見える人や超音波が聞こえる人がいても不思議ではないのである。優れたサッカー選手は、自分のフィールドでの位置関係を鳥瞰図的に把握していると言われるが、何らかの特殊能力を獲得している人もいるのだろう。

いずれ、テレパシーや透視能力も科学的に解明されるかもしれないが、何らかの現象としてそういう能力が存在する可能性が大きいのではないだろうか。逆に考えると、一般に人間の考えることは、ある一定の枠内での思考と言えるかもしれない。とんでもない思考が時には重要な役割を果たす可能性もある。少なくとも、常識を疑ってみる心の余裕は持ちたいものである。

人間の思考回路は、人類始まって以来、大して進化していない可能性もある。同じ思考回路で憎しみや敵対心や復讐心が生まれ、それが、人類の戦争の歴史になっているのかもしれない。戦争は脳の中で起こる。指導者の脳の中で、戦争を正当化する論理が構築されると、それが多くの人の脳の中で同期し、種族と種族、国と国の戦争へと発展する。

その脳の回路を分析し、戦争が起こらないような仕掛けができれば、人類の争いが無くなるのではなかろうか。人類を争いに導く脳は、どうやら人間の生存本能に近い部分にあると思われる。大脳皮質でいかに理性的に処理しようとしても、人間の生存本能に近いところのエモーションはなかなか抑えられないものである。超能力の研究は、人の争う心のコントロールという未知の世界を開いてくれるかもしれないのである。

人間同士の争い

人類は古代から戦争をしてきた。人類の歴史は戦争の歴史だと言う人もいる。脳の中に闘争本能の部分があり、それが争いを引き起こすのだという説もある。いずれにしても、人類が闘争、戦争を繰り返してきたのは紛れもない事実である。現在でも、世界中で紛争が絶えない。現時点で、第二次世界大戦から70年以上世界規模の戦争が起こっていないのは人類の知恵が進歩したのか、それとも単なる偶然なのか。ラッキーなことであるには違いない。欧州でＥＵが誕生し、共同通貨のユーロが誕生したのも、欧州で繰り返してきた戦争を避ける目的が大きいとのことである。国同士の利害関係ができないように、より大きなくくりで一体化を目指しているのであろう。

人はそれぞれ違う考えを持っている。アメリカの大統領選挙をみても、人口の約半分が一人の候補を推し、残りの約半分が別の候補を推すということもよく起こる。人の考え方はなかなか一致しないものである。小泉元首相が言ったそうであるが、「総理大臣は何を言っても批判される。」とのことである。反対派は必ずいる。そういう状況の中で、自分の政策を実行して行く覚悟が必要ということである。世界中の全ての人と仲良くはできないのである。これが現実である。

それでは、どうして人は争うのであろうか。考え方が違うからである。どうして考え方が違うかというと、やはり、それぞれの人が生きている環境が違うからであろう。人は快適に生存することを願っている。食べ物や衣服、住居に不自由しない、快適に生きる環境を求めている。それがその人の幸福感につながっている。この生存の環境を悪くする事態が起これば、人は抵抗し、生きていく環境を守ろうとする。そこに争いが生じ、ついには戦争が起こる。戦争は頭、脳の中で起こる。人は今いる環境が破壊されると認識した時にそれを守る為に、またより良い生活環境を得る為に戦争を起こすのである。

日本という国を見ても、日清戦争（１８９４－１８９５）から日露戦争（１９０４－１９０５）、第一次世界大戦（１９１４－１９１８）、満州事変（１９３１）と日中戦争（１９３７）、太平洋戦争（１９４１－１９４５）と約10年ごとに大きな戦争をしてきた。これらの戦争も、見方によれば、生き残る為に必要であったと言えるかもしれない。現代の我々から歴史を見直した場合、その当時の本当の事情がなかなか分からずに、結果論的な考察に陥る場合があるので注意が必要である。今から見れば、愚かな戦争をしたと考えられることでも、その当時の人はそれでも戦争を選んでいたのである。

江戸時代に200年以上にわたって鎖国していた日本は、明治に入り、欧米列国の植民地支配から逃れる為に富国強兵政策を推し進めた。何しろ、当時有色人種の主権国家は、日本、トルコ、タイ、エチオピアしかなく、ほとんどの有色人種の国が白人帝国主義（軍隊や経済で他国や異文明を破壊し、植民地化する）国家の植民地であった時代である。白人の植民地となるか、独立した帝国主義国家を作るかの二者選択しかなかったと言える。急いで白人国家並みの帝国主義国家を作り、日本を守る為に朝鮮半島の権益を巡って争われたのが日清、日露戦争と言えよう。

満蒙は日本の生命線、との考え方がベースとなって日中戦争が始まった。太平洋戦争も中印の石油が国の生命線と考えられた。この生命線が奪われると国や国民生活が成り立っていかないという考え方である。アメリカによる石油輸入禁止で身動きができなくなるという考え方が太平洋戦争のきっかけとなったと言われている。つまり、国家、国民の生命に重大な影響を及ぼすことに対しての戦争、ということになる。生きる為の戦争である。選択肢を自ら狭めていたという見方もある。よく考えてみると、武力で領土を広げてそこの資源を手に入れるよりも、自由貿易で資源を手に入れる方がよほど利口なやり方である。第二次世界大戦後、世界が保護主義から自由貿易主義に変わってきているのも当然である。その方がより世界全体の経済が発展し、人々の争いが減るということである。

欧州を見ても、約1000万人が死亡したと言われる第一次世界大戦が終結し、パリ講和会議（1919年）で始まった国際連盟の動きがあったにもかかわらず、20年後の1939年にはドイツがポーランドに侵攻して、第二次世界大戦が始まっている。自国や自国民の生活が成り立たなくなる、という恐怖感から戦争へつながり、結局は多くの犠牲者を出し、より困難な生活へ追い込まれたのが現実である。戦争は平和の為（自分達の生活を守る為）という大義名分で始まる。しかし、結果的には戦争で得られるものは真逆になるのである。人は人同士でも考え方の違いで対立する。人がグループを作るとそのグループの持つ利害関係で、他のグループと対立する。規模が大きくなり、住んでいる地域同士の対立、国同士の対立、国のグループ同士の対立となる。

人は対立した場合、まず話し合いで解決しようとする。この話し合いがうまくいかなくなると暴力で解決しようとする。国と国が暴力で対立を解消しようとするのが戦争である。戦争を防ぐには暴力を許さないのがスタートになる。知恵を出し、話し合いで何とか解決方法を見つけるのが賢明な方法である。暴力を抑えるには、暴力を振るえばその人やその国にとってマイナスになる、という状況を作っておく必要がある。人と人との争いには警察があり、国と国の争いには、お互いの防衛軍事力がある。人や国は、暴力を振るえば自分や自国が不利益を被る、という抑えがないと暴力を振るう誘惑に負けてしまう可能性があるのである。

戦争は人間の脳が作っている。人間の集団（集団の脳）が「戦争をする」という結論に達して戦争が始まる。人間は本来、幸せな平和を望んでいるはずである。そういう意味で、平和を守るために始まる戦争も多い。自分（自分の属する集団）の生活を守る為に戦争も始まるのである。何か、逆説的な感じもしないでもない。平和を守る為に平和と対極にある戦争をするのであるから。何もしなければ、殺されるから殺す、という論理である。殺されるより殺すのを選ぶのである。

それでは、この他の集団を襲う、という人間集団の心理はどこから出てくるのであろうか。自分達が生き延びる為、より良い生活をするために他の集団を襲うのであろうか。脳科学でいろいろな実験が行われている。子供を二つのグループに分けると自然に自分のいるグループびいきになるそうである。運動会で子供をいくつかのグループに分けると、自分のいるグループを応援するようになる（その時、オキシトシン〈幸せホルモン〉が出る）。甲子園の高校野球でも無意識に自分の出身地の高校を応援するようになる。このような身びいきが生じることを

「内集団バイアス」がかかると言うそうである。つまり、人間の集団は放っておくと戦争を起こす性質を包含していることを示している（『脳・戦争・ナショナリズム』中野信子他、文春文庫）。この性質は、人間が生き延びる為に必要な性質であったと考えることもできる。

人間の本能の一部に戦争を引き起こす性質がある、との認識は重要である。人間は、日々無意識（本能に近い。人は歩くのに無意識で足を出している）と意識（大脳皮質で理性的に考える。人間が思考すること）の両方を使って生きている。本能を放置しておくと戦争を起こす危険があるのである。理性が働きにくい状態（集団の興奮状態など）では、組織として戦争に向かいやすくなるのであろう。いかに大脳皮質を働かせて、過去の戦争の悲惨な歴史を学習し、戦争を避ける努力をするかが必要となる。人間の集団は放っておくと争うようにできているのだから。争う性癖をスポーツなどに転化し、オリンピックなどで発散させるのも重要なことかもしれない。

第4章

日常生活の知恵

土俵を変える

人間の考えはその人がいる場所や環境によって無意識のうちに影響を受けている。考えることの範囲や限界も知らないうちに自分で決めてしまったりしている。その思考の範囲の中で考えるので、なかなか次元が違う発想ができなかったりする。例えば、仕事をしている時には気付かなかった良いアイデアがバカンスでボーッとしている時に出てきたりすることがある。また、学生時代の勉強にしても、自分で決めた方法やスケジュールのもとに勉強していても、長期の夏休みなどでのんびり休んでいる時に全く違った良いやり方が思い浮かんだりするものである。何かに一生懸命になっている時は、案外周りが見えにくいものなのである。

アメリカで仕事をしていた時に特許訴訟に巻き込まれたことがあった。我々が製造している製品が相手方の特許に抵触するということで訴訟を起こされた。我々の製品は独自のやり方で作っており、特許には抵触しないことを、実験結果や製品特性で示して反論したのだが、結局アメリカの地方裁判所で負け、その製品は製造販売停止になってしまった。

我々はすぐに高裁に上訴し、我々の弁護士の判断で全く違う戦略で戦った。特許に抵触しているかどうかの技術論争をやめ、相手の特許そのものを潰す戦略を取ったのである。結局、相手の特許は、発明者がアメリカ政府の資金を受けて研究した時のアイデアで取られたものであり、発明の権利そのものは、当時の法律では、政府にあることを立証でき、勝訴することができた。これなどは、まさに戦う土俵を大きく変えたことによる勝利であった。視点や発想を変えて戦ったことになる。技術論争ばかりをやっていたのでは、負けていたであろう。人はどうにもならない一つの土俵にこだわり、周りが見えない状態になりがちである。

これもアメリカにいた時の話であるが、知人の小学生の子供がアメリカの学校でいじめにあった。何しろ日本から来たばかりで英語が充分に理解できない、先生の言うことも分からない状態で、その子も困っていたのだろう。当然、現地のアメリカ人の子供にからかわれたりいじめられたりしたと思える。その子は、周りの子供に暴力を振るうようになった（おそらく無意識の自己防衛であろう）。そうなると、今度は教師も含めてその子の暴力を注意するようになる。暴力はみんなの敵になるのである。言葉が分からない上に暴力を振るうとなると学校でも最悪となる。当然、アメリカ人の子供からのいじめはさらにエスカレートする。暴力を振るう問題児を教師が親身でかばうことも無くなってくる。

親は何回も学校に呼び出されて、事態は困難な状況になった。こういう状況になると、どのように改善していくかはかなり難しい問題になる。学校にいるカウンセラーはその子の暴力を抑えようといろいろ指導するが、何故子供が暴力を振るうようになったか、その内面まではなかなか切り込めず、対策はおざなりのものになった。いじめをする子供達も相変わらずそこにいる。環境はそのままで、子供達のいじめを指導するだけであった。その時、親の取った行動は正解であった。学校を変えたのである。別の学校へ転校させたのである。転校先では、今までのしがらみも無く、ゼロからスタートし、その子は（それまでに、英語もだいぶ分かるようになっていたので）スムーズに学校に馴染み、暴力沙汰も起こさない普通の子供に戻ったのである。これなども、土俵を変えた成功事例であろう。

日本でもいじめの問題が後を絶たない。子供がその環境から逃げ出せずに自殺にまで追い込まれるのは本当に悲劇である。その時、関係者は、今ある環境をベースに問題を解決しようとすることが多いように思われる。環境そのものを変える、土俵を変える、発想を変えることが重要になる。環境を変える、というのはそれなりに別の行動を必要とし、簡単なことではない。しかし、考え方も新たに事態を一挙に解決することもあるのである。

過労死の問題も同じである。そこまで組織に忠誠を尽くす必要がどこにあるのであろうか。

働き過ぎて死んでしまっては何をしているか分からない。そもそも仕事は生きる為の糧を得る為の手段である。冷静になれば、誰でも分かることであるが、その土俵しか無いと思ってしまうとどうしても逃げられなくなってしまうのである。土俵を変える、会社を変えることによって全く違う世界が開けるであろう。思い切って土俵を変えることができない人が追い詰められてしまうようである。

言うのは簡単であるが、土俵を変えるのはそれなりに勇気のいる大変なことであるのは間違いない。今住んでいる自分の社会から違う社会へ移る、土俵を変えるのは、多くの人にとって大変なことになる。自分が今住んでいる社会の圧力から逃げられないと考えて自殺する人もいる。これも、日本の社会という土俵を変えることによって解決する場合がある。例えば、日本人が作る日本社会から、南米ペルー人が住むペルー社会に住む場所を変えたとしよう。当然、言語はスペイン語になり、生活の仕方も大きく変わってくる。そのような状況下では、その人が抱えている問題が全く違った見方になるのではなかろうか。

今の時代は移住することもできる。国を変えるという土俵の変え方もできるので、選択の幅が広い。自殺することを考えれば、国を変える大変さぐらい勇気をもってできないものであろうか。日本人は日本という国に極度に依存しているように思える。ユダヤ人はイスラエルができるまで自分達の国を持たなかった。彼らにとって国家とは、自分達がたまたま住んでいる場所を統治している機構という考え方が強かった。国を変える（移民する）意識は常に持っていたと思える。事実、第二次世界大戦後、多くのユダヤ人がアメリカなどに移住している。自分達が住みやすいところ（税制や環境など）があれば国を変えることに日本人ほど抵抗がないと思える。ユダヤ人が、日本という国（法律、税制や文化、環境など）が自分達が住むのに適していると判断すれば、大挙して日本に移り住んでくることは間違いないであろう。

歴史的には、その当時の社会の圧力からどうしても逃げられない時代もあった。太平洋戦争の時の特攻隊などもそうである。形式上は本人の志願ということになっていても、本心では死にたくない、という思いがあったのではなかろうか。しかし、一旦その社会の（特攻隊に所属する）流れに入ってしまえば、土俵の変えようがなくなった状態になってしまう。後は流れに逆らうことができずに特攻に行くだけになる。

追い込まれる前に、まだそれなりに選択肢があるときに土俵は変えないといけない。戦争中は徴兵制があり、兵役を逃れることができなかった。しかし、合法的にいろいろな手を使って兵役を逃れた人もあった。理工系の大学生は徴兵猶予があった時期もあるし、政府の高官のつてなどもあったようである。合法的に兵役を逃れる為に、健康な体力のある青年が多く住む地域に移住し、狙って乙種合格になり、兵役につかなかった人もいる。自分を取り巻く周りの状況が自分の意図と反する場合はいかにして環境を変えるか、土俵を変えるかが重要になってくるのである。

精神的な面（考え方）だけではなく、身体的な面でも土俵（住む場所）を変えるということは、その人の人生に大きな影響を与えるものである。病気を治すのに昔から転地療法というものがあった。町に住む人が田舎に移り住んで健康になる、というのも一つの転地療法である。土俵（住む場所）が変わると当然、気候が変わる、空気や水も変わる、人間関係や食べ物も変わり、精神的にも肉体的にも大きく変わってもおかしくはない。健康状態が変われば、考え方が変わってもおかしくはない。日本で昔からある湯治も転地療法の一つと考えてもよさそうである。

このように考えていくと、自分自身の考え方が、住んでいる場所（国）や文化（言葉）によって大きく影響を受けていることが再認識させられる。このことは、なかなか自分では気付きにくいことでもある。日本の外、海外での生活を体験してみると逆に日本のことが分かると言われることがある。日本と違った国（文化）での生活を経験することによって、日本での生活や考え方を第三者的に見ることができるのである。青年海外協力隊などで、後進国に住んでみることによって日本の良さを再確認できるのかもしれない。

同じようなことが、旅に出ることによってでも得られるであろう。期間が短くても、違った環境（土俵）に自らを置くことによって、自分の日常生活を見直すこともできる。

韓国を旅行した時に、地元の人から韓国の徴兵制について聞いたことがある。韓国では全ての男子は約２年間の兵役の義務がある。これは有名人でも富豪の子供でも逃れられないとのことである。日本も第二次世界大戦前までは徴兵制があった。現在の自衛隊は志願制であるが、こういう他国の話を聞くと、日本の現状を再考するきっかけとなる。日本の中では、当たり前のこととして見逃していることが結構あるのではなかろうか。日本の外に出て、日本を考えるきっかけが得られることも多いと思われる。

幸運の女神の前髪を掴め

幸運の女神フォルトゥーナ（ローマ神話）は前髪しかなく、後頭部は禿げているので（髪を束ねているとも言われる）、「チャンスにはしっかりと幸運の女神の前髪を掴め」と古くから言われている。前髪をしっかり掴まなければ、通り過ぎてから、いかに捕まえようとしてももう遅い、という教訓である。後から、あの時がチャンスだったと気づいても遅いのである。チャンスだと思ったらその機会をしっかり捕まえる心がけを持っていたいものである。

もちろん、その偶然（チャンス）が来ているのに気づかなければ意味がない。チャンスはどんどん通り過ぎていくのである。やはり、きちんと準備しているところにチャンス（偶然）が来る。そのチャンスをうまく掴むことによって、重要な発見などが行われ、次の展開につながっていくのである。ノーベル賞受賞者の多くが、偶然大きな発見につながった、と言うことが多いが、その偶然が来るように、多くの努力をしていたのであろう。幸運が来たら捕まえられるように準備している、ということである。

ノーベル賞級の発見でなくても、我々の日常生活で、いろいろな偶然（チャンス）が来ている。それらをうまく捕まえるにはどうしたら良いのだろうか。自分の目標をしっかり持つことが、先ず第一に必要となる。目標がしっかりしていれば、その目標を達成する為のチャンスには敏感になる。目標達成の為の努力を日々行っていれば、ますますチャンスを捕まえやすくなり、幸運の女神の前髪を捕まえることができる。

例えば、ビジネスで幸運の女神を捕まえるにはどうしたら良いだろうか？　例えば、仕事のスピードが一つの鍵となる。競合が多くいる中で、他社よりも早くビジネスを展開し、競争に勝ち残って利益を出していくことが必要で、競合よりも一歩先に行く心構えが重要となる。新しい製品やビジネスシステムは、最初の参入者が多くの利益を出す。いろいろな行動において、競合よりも少しでも先に行くのが必要なのである。これは、相手（競合）が見えないだけになかなか難しい。つい、明日でも良いか、という気持ちになりがちである。そうこうしているうちに、競合から少しずつ遅れてしまうことになる。

スピードを上げて仕事をしていれば、一本先の列車に乗れるのである。そうすると目的地に早く着き、競合が見ることができない景色を見ることができるかもしれない。つまり、幸運の女神の前髪を捕まえることができるかもしれないのである。現役の時にこういう話があった。ある会社の優秀な営業マンが、金曜日に顧客のところで、納めた製品の不具合を聞かされた。普通の営業マンだと、次の月曜日に自社に話を持ち帰って、対策を協議するだろう。しかし、スピードを重視する優れた営業マンは、金曜日のうちに社内に対策チームを作り、土日で改良品を作って、月曜日に顧客に届けた、ということである。顧客は当然、喜ぶし、その営業マンもその会社の信用度も大きく上がるのである。これが、将来のビジネスに良い影響を与えるのは明白である。ビジネスでもスピードを上げて仕事を処理することが、幸運の女神を呼び込み、その幸運を掴むきっかけとなる。

日常生活の中でも、やらねばならないことを早く処理してしまうことが、余裕を呼び、幸運の女神も呼び込むきっかけとなるのではなかろうか。人はやらねばならないことを、いろいろな理由をつけて、先に延ばしがちである。後回しにしていると、いつまでも放っておくことになる。どこかの予備校講師が「いつやるの？ 今でしょ。」のキャッチフレーズでブレークしたが、これは、一面の真理をついている。やらなければならないことは、早めにやってしまうのが良いことは、誰でも知っている。知っていても、やる気が出ない、とかいろいろな言い訳を自分の中でして、後回しにしていることが多い。

思い切って、身体を動かしてやり始めてみるのが重要になる。身体を動かしてみると、意外とやらなくてはならないことが、前に進むものである。ある外国の作家の話だが、執筆の気分が乗らない時には、タイプライターに自分の名前を打ち込み続けているうちに小説を書き始めることができたそうである。少しでも、半分でも手をつけておくと、脳はその意識を持っていて、無意識に脳が次のステップを考えてくれているものである。従って、とにかく身体を動かして始めてみる、ということが重要となる。まさに、やるのは今でしょ、ということである。そういう態度で日常のやらなければならないことを処理し、余裕を持って次のことへ移っていると、幸運の女神を捕まえる感度が高くなるのではなかろうか。

ストレスの解消法

ストレスとは外部からの刺激により、こころや身体の変化した状態のことである。ボールを指で押すとへこむ。へこんだ状態がストレスで、指（ストレスの原因）を取り除くとボールは元へ戻ってストレスが解消した状態になる。ストレスを受けて精神状態が悪くなったり、体調を崩したりしても、休んだりしてストレスを取り除けば、たいてい健康な状態に戻るものである。これは「ホメオスタシス」（生体恒常性）という、正常な状態に戻ろうとする体の働きのおかげである。ストレスが解消されずにたまってしまうと、ボールのへこみが元に戻らないように、精神的な病気になったり、身体を壊したりすることになってしまう。

人間に不満やストレスが無い状態はありえず、ストレスがないことがストレスになってしまうくらいである。不平や不満があるから人類は進歩してきた。不満を解消する方法を考えることが、いろいろな発明につながった歴史がある。歩くのが大変なので馬に乗ることを覚え、自動車を発明し飛行機を発明したのである。不満やストレスが無ければ、そこで進化は止まる。不平不満やストレスを解消する方法を考えることで人類は進歩してきたのである。

世の中にはいろいろなストレスがあるが、それがたまってしまう大きな原因は、自分がコントロールできるストレスと自分がコントロールできないストレスを区別していないところにありそうである。自分がコントロールできないストレス、例えば災害や社会の仕組み、他人の気持ちなどに関してはストレス解消の努力はするが、基本、「仕方がない」とあきらめることである。恋愛で、自分が好意を持っていても、相手がこちらを好きになってくれるとは限らない。他人の頭の中を変えることはできない。子供に勉強しろと言っても、勉強すると決めるのは子供の脳なのでコントロールできないのである。勉強に取り掛かりやすい環境を整えるのが精一杯できることであろう。自分がコントロールできないストレスは、自分では状況を変えることができないのであるから、あきらめるしか仕方がないのである。

自分がコントロールできるストレスに関しては、自分がコントロールできる気持ちと身体を使ってベストを尽くせば良い。ベストを尽くしてもストレスを解消できなければ、あきらめればよい。いろいろとストレスの解消法を考えて実行に移すのである。不満の解消法を考えて努力すれば良い。不平不満を述べるだけで、解決の努力をしないとかえってストレスがたまってくる。どうすれば不満を解消できるかを考えて、実行する方が現実的である。闇雲に心配するだけでは、考えたことにはならないのである。この辺りを混同しないことである。人類は不平や不満があったから進歩した、とポジティブに考えると楽になる。

ストレスや不平不満は人類と共にある。あることに関して、クヨクヨと考えていても、何の解決にもならない。問題があれば、その解決策を考え、実行していくことである。何事も前向きである。どんな困難な問題が起こってきても、その解決策を考える姿勢を保っていると、健康で陽気に生きていけるのだろう。できることにベストを尽くし、自分がコントロールできないことはあきらめるのである。

自分のストレスや不満に、限度があるものか、そうでないものか、は分けて考えておいた方が良い。観念的なものに関する不満（欲望）はキリが無いのである。空腹のストレス（不満）はモノを食べれば解消することができる。しかし、お金や幸福などキリが無いものに関する不満やストレスは、それこそキリが無いことになる。昔の王様のように、全てが手に入っている、と他の人から思われていても、不満やストレスはあるのである。このようなキリの無いものが原因のストレスは、あきらめること（「悟る」とも言われる）である。自分でコントロールできないストレスの部類になるのかもしれない。

人生で心配したことの80％はおこらないと言われている。人生には大小を問わずいろいろな心配事があるが、心配し始めたらキリが無い。実際は心配事の大部分は杞憂に終わるらしい。心配が現実になったとしても、その時にベストの対策を取れば良いことである。心配することを考えることと混同しない方が良い。このように、前向きな気持ちでいると残りの20％もたいてい現実にはならない、とも言われている（『人生の手引き書』渡部昇一、扶桑社新書）。要は自分のコントロールが及ばないところはあきらめる、という潔さがベストのようである。

そうは言っても人生に悩みは尽きない。人は深く悩んでいる時は、複数の困りごとを抱えていることが多い。それらを横に並べて（同列で）いろいろと考えてしまう。どの困りごとも容易に解決できないものだから、いろいろな問題が重なり合い、ますます落ち込んでしまう。そういう時は問題を縦に並べて、一番前の問題から取り組むと良いそうである。そうすると集中力が上がり、問題を解決できる可能性が高くなってくる。それが自信を生み、次の問題に取り組むことができるようになる、とのことである。一つの重要なヒントと思える（『やまない雨はない』倉嶋厚、文春文庫）。

人生の隙間の効用

昔からの日本家屋は家の中に風を通すことを考えて設計されたそうである。家の周りにびっしり木が生えていれば家の中の風通しが悪くなり、ジメジメした家になる。適当に風を通す隙間が必要なのである。軽井沢の別荘地帯をドライブしたことがあるが、家が木立の中に埋もれているところが多くみられた。日本の場合、木が早く高く成長し、手入れをしていなければすぐ林に家が覆われてしまいそうである。林の中の家はどうしても風通しが悪くなる。日本の夏は高温多湿で、風通しが悪いとどうしても湿気がこもって中のモノが腐ってくる。これは健康にも良くないのである。家の中もそれぞれの部屋の中も風が通る設計が良いのである。

人間関係も間に風が通る隙間がないと行き詰まってしまうことが多い。べったりと常に一緒にいると腐ってくるのである。うまく風を入れる工夫が必要になる。夫婦、兄弟、親子の間でも隙間をうまく作る必要がある。距離が重要になってくることもある。離れてさえいれば、人は大抵のことから深く傷つけられることはない。親と子も適当に離れているほうが、良い関係が続く場合が多いのではなかろうか。動物も成長すれば親と別の生き方をしないといけない。

親離れ、子離れができていないと泥沼の関係に陥ってしまうこともでてくる。

親子、兄弟はもともと親密な関係から出発している。親と子は、子供が成長していく過程で、子育てを通し親密な関係が維持される。親が子を育てるのは無償の愛で、子は無意識で育ててもらった恩を感じ、なつくのは動物も同じである。子が成長して大人に近づいてくると親子の関係も変化してくる。子の人格が出来上がってくるころから、子は独り立ちが進み、大人になるのと同時に、親も子離れが必要となる。親子や兄弟の関係はもともと愛情をベースにした良い関係からスタートしているので、適当に隙間を作り、お互いに干渉しない部分や距離感を調整していればまだ良い関係を保ちやすい。

夫婦はもともと他人であるが、愛情で結ばれ、生活を共にし、子供を育てるという共同作業などを通じて別の連帯感が生まれる。そういう意味で親密な関係から出発しているが、年齢や生活環境とともに隙間や距離感のとり方が違ってくるのは当然であろう。新婚のころは、お互いの習慣や考え方の違いなどたいして気にならない。しかし、時が経つにつれて、部屋にどんな家具を置くのか、どのメーカーのどの歯磨き粉を使うかまで、何かを決めるとなると、二人の違いが出てくるのが普通である。これらのストレスをどのように解決して生活するかの知恵が要求される。一般的に昼間は夫が外で働き、帰宅するまで妻と顔を合わせない、という結婚生活が多いが、これも距離が適当に取れるという点からは好ましいことでもある。

例えば、夫が単身赴任している時に（不可抗力的に距離が離されている時に）、かえって夫婦間が新鮮になり、うまくいくこともあるのである。子育てが終了したリタイア世代になると、今度はそれぞれの生き方や趣味の違いがさらに表面に出てくるので、それなりの隙間が必要になってくる。リタイアした夫がいつも家にいることになると、物理的な隙間もとりにくくなり、ノイローゼになる主婦が多くなるのもうなずける。いつまでも子育て時代や現役時代の感覚で夫婦がいることは難しくなってくる。適当な隙間を空ける工夫が必要となってくるのである。

一方、人間関係が敵対関係からスタートする場合もある。例えば、嫁と姑の関係である。この関係はいかに理性で抑えようと、本能的な敵対関係からスタートするのでやっかいである。姑は息子が結婚して嫁をもらうと、自分の息子を嫁に取られた、という感情を持つ。赤ん坊の時から愛情をかけて育てた息子が嫁のサイドに立つことが、我慢できなくなる。これは、本能的な感情であるから、理性でなかなか抑えきれない。

こういう話を本で読んだことがある。非の打ちどころがない嫁がいて、ある時、姑にこう言ったそうである。「どうして、これだけのことをお母さんにしているのに、意地悪するのですか。」と。その姑の答えは、「あんたがいることが問題なのよ。」だったそうである。まさに、本質をついている。こういう親にとっては、子供の結婚そのものが、親に対する謀反となる。嫁からみれば、嫁であることをやめられないので、基本的には嫌われている、というところからスタートするしかないことになる。

本能的な敵対関係そのものは変えられないのである。それでは、どうするかはそれぞれの人の理性と知性で解決するしかない。その一つの方法が、表面上、うまくいっているようにみせることだ、と識者は言っている。いやいやの偽善であっても良い。そうしているうちにその良い状態が続けばＯＫ、とのことである。その一つの方法が隙間、距離や時間を空ける、ということかもしれない。「離れることが最終目標となる愛は、子育ての愛だけである。自信に満ちた子供の巣立ちは、親が良い仕事をしたしるしとなる」との理解が親の方では重要となる。

嫁姑の問題は、人間の脳の中で必然的に起こる感情であるから、人類普遍の問題でもある。世界中どこにでもある。国によっては、社会の制度との兼ね合いで、社会文化の中で目立たなくしているところや人々が理性で抑えているところもある。基本的に、世界の人はこの問題で悩んでいるのである。アメリカでも、夫婦がいかに義父母と付き合うかが問題となっており、カウンセリングの対象としてよくあげられている。違った環境で育った人同士が結婚するわけであるから、相手の育った環境からくる発想が、なかなか理解できないことが多い。つまり、自分が自分の育った環境を背景に、自然に持つようになった自分の気持ちを相手が理解してくれない、という場面にたびたび遭遇するのである。

日本でも、昔の家制度や文化もあり、嫁姑問題はどこにでも存在する。理性で抑えきれない結果、事態が泥沼化することもある。二世帯住宅を作ってみたが、数年で若夫婦の方が家を出てしまうというケースもある。住む場所が変えられない場合は、近くに住んでいても、お互いの行き来が止まり、絶縁状態になることもある。距離が近いと、隙間がうまく取れないので、こじれてしまうとより悲惨になる。もちろん、距離だけが問題ではないが、距離や時間の隙間の取り方がストレス解消に重要となる。

嫁姑の問題も時間の経過とともに、当然様相が変わってくる。ひと世代前までは、結婚当初は姑の方の力が強いが、姑が年をとって体力的にも弱くなってくると嫁の方の力が相対的に強くなる、というのが普通の形であった。平成になり、家族形態も変化し、文化や世間の常識が変わってくると、嫁姑の関係も変わってくる。最近では、嫁の方が強くなってきている、との指摘も多い。相対関係で捉えることが、そもそもおかしいのであって、もともとは、嫁姑ともうまくやっていきたいと思っているのは当然である。しかし、人間の本能的に、うまくいきにくい、敵対関係からスタートせざるをえない、というところに人類の不幸があるのである。この状態を緩和する方法の一つがうまく隙間を作るということになる。

他人同士で成り立っている社会の人間関係はより難しくなる。人は自分と同じように他人も考えている、と錯覚して行動する。ところが人の考え方は千差万別で、社会生活では、いたるところで摩擦が起きるのは当然である。上司と部下という関係で問題が起こると、仕事上、近い関係であるだけに、隙間を取ることが難しく、部下が逃げ道のないところに追い込まれる場合もある。こういう場合は強制的に配置転換などで隙間を作り、関係を解消させるのが組織にとってベストとなる。

人生のいろいろな場面で、隙間（距離や時間など）の重要性を認識して対応するのが一つの知恵となる。昔から知恵のある人は、無意識に人生の隙間の重要性を意識して、いろいろなトラブルに対応していたのであろう。

怒りのコントロール

人生、腹が立つことを避けることはできない。ドライブ中に急な渋滞に巻き込まれてイライラしたり、満員電車の中で荷物を押し付けられてイライラしたりする。友達や夫婦間で、些細な事で口喧嘩になり、頭に血が上った経験は誰にでもあるだろう。性格的には、競争的で攻撃的、過剰に反抗する人もいるだろう。こういう人は心理学において「タイプA」に分類されるとのことで、自律神経のうち交感神経が活性化しているそうである。イライラしている時は交感神経が活発に活動しているとのことである。イライラすることや怒りの衝動がうまくコントロールできないと、社会生活に支障をきたすことがでてくる。

怒っている時は、普通の精神状態でないことをまず認識するのが重要だそうである。高速道路で車同士が煽り合いを行い、追い越し車線に停車させられたところに後続車が追突して死亡事故につながったことがニュースになったりする。頭がカーッとなった状態では、人はとんでもない行動に出るものである。冷静になってから、いくら反省しても反省しきれない状況になるのを避けるのが賢明であろう。なかなか難しいことだが、異常行動につながるのを踏みとどまる意志が重要になる。

感情は伝染しやすい。自分の怒りを相手にぶつけると、相手の怒りを引き起こすことになる。人間の脳には感情伝播のしくみがあるのである。喜びや悲しみの感情も伝播するが、怒りの感情も伝播する。つまり、自分が怒れば、相手も同程度に怒るのである。怒りは両者の間を行き来しつつ、ますます大きくなっていく。しかし、怒りの感情は急激に高まった後、次第に弱まっていくものである。従って、感情が静まっていく波を待つのが賢明な対処法になる。逆に、怒りを相手にぶつけると相手もさらに怒ることになる。そうなると怒りの波がますます大きくなって、波を静めるのが、ますます難しくなってくることになる。

怒りのピークが持続する時間は意外と短く、６秒くらいだそうである。この６秒間をやり過ごす工夫が重要になる。まず、６秒間を越えれば、ピークが下がってくるということを知っているのと知らないのとでは大きく違う。６秒を越えるには深呼吸するのが一つの方法である。相手に怒りをぶつけると怒りは増幅するだけなので、その場を立ち去るのも良い方法である。運動をしたり、仕事をしたりするなど、他のことをして気を紛らわすのも良い方法である。怒りを起こした状態を頭で考えずに、できるだけ忘れる工夫をする。思い出すことによってますます腹が立つということもよくあることである。早く忘れるのが得策であろう。

一方で、人の怒りが長続きしないことは、昔からよく知られたことである。人は自然と怒りを忘れていく。その怒りを忘れないようにする為、臥薪嘗胆という言葉があるくらいである。薪の上に寝て自分の身を苦しめ、にがい胆をなめて報復を忘れまいとした故事から来た言葉だが、逆に見ると、人間の感情はやがておさまってくるということを示していることでもある。

いずれ忘れていく怒りであるから、怒りを感じた時に実施する自分なりの対処法を考えておくのは有効である。6秒間のピーク時には、深呼吸するなどでやり過ごし、すぐに出てくる反応を抑える。瞬間的に怒りをぶつけるのは得策ではない。単に相手の怒りを煽り、自分の怒りの感情も増幅されるだけになる。タイミングをずらし、自分の反応を少し遅らせる工夫をするのはどうだろうか。

まず、感情に流されるのを防ぐのである。その次に反応よりも選択肢を考えるようにする。そう考えることができれば、すでに理性が働く余裕も生まれてくる。何故、自分が怒ったのか、その原因は何か、原因を取り除く為にどのような方法があるか、などを考えるのである。いくつかの選択肢を考えて、選ぶ段階になれば、怒りは既にコントロールされていることになる。感情の波をうまく乗り越えられるように意識することが、まず重要であろう。

怒りとかイライラの原因を仕分けするのも重要である。自分の意志ではどうにもならないこと（交通渋滞や自然現象など）に関しては、そういうこともある、と現実を受け入れてあきらめることである。放っておくしか対処のしようがない。自分で対処できることに関しては原因の解消に前向きに努力する。一定の努力をしても原因が解消できない場合はあきらめる。後は、時間が解決してくれるのを待つのである。時間をかけて怒りの原因を考えてみると、放っておくといずれ解決するものも多い。時間というファクターを味方につけるのが重要である。

結局、我々は自分のいる場所、時代、文化などで作り上げた、自分の常識の範囲内で思考している。怒りの原因も、別の常識の範囲からみれば大したことではないかもしれない。広い視野で自分の怒っている状況が捉えられれば、怒っている自分がバカらしく見えるものである。

ダイエット

人間は年齢とともに基礎代謝量（何もしなくても、身体を維持するのに必要なカロリー）が減ってくる。エネルギーを消費する筋肉量が減少してきたり、細胞分裂量が減ってきたりするのが原因と言われている。統計をみると、身長１７０㎝、体重70kgの男性で、20代で必要な基礎代謝量は約１８００㎉であるのに対し、60代だと約１５００㎉に減少する。年齢とともに消費する基礎代謝量が減ってくるのに20代と同じ量の食事を取っていると当然余ってくる。それが脂肪として身体に蓄えられてくるのである。これが、中年以降に太ってくる主な原因であろう。この例だと、摂取カロリーを３００㎉減らしておけば、中年太りは防げるのだが、年をとっても、若い時と同じ量の食事をしてしまうのである。

私も同じで、体重はここ数年、74kg前後をうろうろしていた。20代の頃は67kgぐらいと記憶しているので、かなり脂肪が増えていることになる。確かに、腹の周りに脂肪が付き、横腹の脂肪は手でシッカリ掴めるぐらいに増えていた。そこで、２０１７年の1月1日に体重を４kg減らし70kgにする目標を立てた。今までも75kgを超えると、慌てて食事量を減らしたり、体操をしたりでダイエットをしていたが、そのうちに忘れてしまい、2kgの体重減はけっこう大変であったのを記憶している。今回は約半年後の2017年6月16日に70kgを達成することができた。経緯を参考までに記してみたい。

約半年で4kgのダイエットなので、巷でよく話題となる10kgを超えるダイエットと比べるとたいしたことはない。また、約半年かけているので、平均すると1カ月に1kg弱の減少である。参考までに、各月初めの体重変化は、1月2日（74・3kg）、2月1日（73・7kg）、3月2日（73・8kg）、4月2日（72・0kg）、5月1日（71・5kg）、6月1日（71・3kg）、6月16日（70・0kg）。月の間でも、アップダウンがあり、折れ線グラフに書くと、ギザギザの波で少しずつ減ってきたグラフになる。時には週前と週末と比べると1kg近く増えていることもあった。食べ放題の店に行った次の日は、0・7kgも瞬間的に増えてしまってがっかりしたこともあった。これは単に胃腸の中に食べ物がとどまっていたのが原因と思える（確かに、2日ほどすると体重はもとの線に戻った）。

体重減は、身体に入るカロリー（食事量）と出て行くカロリー（基礎代謝＋運動）の差であるから、食事量を減らすか、運動でカロリーを消費するかになる。無理なく体重を落とすにはこの両方を少しずつやっていくことになる。理屈では分かっていてもなかなか難しい。やはり、一番重要なのはモチベーションの継続ではなかろうか。モチベーションを継続する方法を工夫することが大切なように思える。その為には、毎日、朝起きた時など決めた時間に体重を測り（1日の間でも食事等により、体重が1kg近く変動するので同じ状態の時に測るのが良い）、100g単位まで記録することである（その為にはデジタルの体重計が良い）。

そうすると、今の自分の状態を客観的に把握することになる（体重は増えたり減ったりするので、一喜一憂することになるが……）。

次に自分に合った、ダイエットのための方法を決めることである。食事の方は、炭水化物の量を半分にした。つまり、朝食べていたパンの量と夜のごはんの量を半分にすることにした（約300㎉減）。昼は腹が減ると元気がでないので基本的に変更なし。おかずなどは特に変更していない（家内が、栄養のバランスを考えて作ってくれている）。夜はごはんの量を半分にすると物足りない感じがするので、食事の前にサラダを食べることにした。野菜を食事の初めに食べると炭水化物を減らしても、結構満腹感を得ることができる。炭水化物はできるだけ食事の終わりの方で取るのが良い。外食する時はダイエットしなかったが、アルコールも自然と半分ぐらいの量に減ってきたと思える。

次に運動（カロリーを使う）の方だが、できるだけ1日に1万歩歩くこと（約500㎉の消費）を目標とした。これは、結構難しく、平均すると、実行できたのは週に2日ぐらいである。継続して2週間ほど続けることができた月もある。この時は明らかに1kgぐらいの体重減がみられた（また、少し休んで体重が少し戻ることとの繰り返し）。基礎代謝の減少分（３００kcal）は摂取炭水化物の減少（３００kcal）でカバーし、運動カロリーで体重を減らしたことになるかもしれない。

運動は、1万歩歩くことの他に、できる時は毎朝1時間ほど、自分流の体操をすることにした。これも、よく実行できた月もあるが、平均すると週に3日ぐらいであろうか。ラジオ体操は各動作を2回ずつ行う（2回目にはもっと深く曲げたりできる為）。足や腰、腕の運動（エキスパンダー使用）を適当に実施している。倒立（壁にもたれる）も2回やることにしている。一通り体操をすると冬でも汗ばむぐらいになる。これらの運動もできない日がかなり続いたりするが、重要なことは再開（resume）することである。あきらめずに続けることで効果が出てくるようである。

情報の価値

事前に情報がある場合とない場合とでは、人の行動は大きく変わる。当たり前の話であるが、なかなか実感を持って認識している人は少ないのではなかろうか。例えば地図。地図を持っている人と持っていない人とでは目的地に着ける確率や到達するまでの時間に大きな差がでるのが当たり前である。自分の現在地と目的地が分かると、どのルートでどのように目的地に到達できるかを効率よく考えることができる。それに反して、自分の現在地が把握できない状態、まして目的地が具体的に分からない場合では、たとえ目的地までの距離が短くても、到達するのは非常に難しくなる。山で遭難した場合は、同じ場所をぐるぐる回ってしまうこともあり得るのである。

情報の価値が大きく出るのは戦争の時である。桶狭間の戦いで織田信長が今川義元を少数の軍勢で討ち取れたのも、山間の狭いところに義元がいて休憩しているという情報を得て奇襲をかけたからだとされている。役に立つ情報を得て、それをいかに活用するかが重要であるが、その前にいかに積極的に情報を集めるかがさらに重要となる。主体的な意志が必要なのである。

情報を集めようとすれば、当然、情報を集める方法や手段に考えが及ぶし、その為の行動をとることを通して、より情報が集まることになる。

第二次世界大戦で日米の勝敗に影響を与えた原因の一つに、情報収集能力があげられる。ミッドウェイの海戦で日本軍が敗れたのは、日本軍の暗号が解読されており、アメリカ側が待ち伏せ、有利に戦えたからだとされている。情報戦でもアメリカに負けていたことになる。『孫子』でも「彼を知り、己を知れば、百戦殆うからず」と言われているが、敵の行動が事前に読めるほど有利なことはない。それに向けて自分の戦力を結集させ、自分達のペースで戦えるからである。

また、第二次世界大戦ではドイツ軍の暗号エニグマ解読の話もある。連合軍はエニグマの解読に成功し、解読後の戦闘を有利に進め、戦争終結を2年早めたと言われている。それも、エニグマの解読に成功したことをドイツに察知されるのを防ぐため、本当に重要な戦いにのみしか暗号解読の情報を使わなかったそうである。暗号が解読されていることが分かれば、当然、暗号を変えてくるからである。ここにも情報戦があったのである。いかに正確な情報を広く集めるかが戦いの勝敗に大きく影響することになる。

人生の場合も同様かもしれない。人生のいろいろな場面で正確な情報を持っている場合とそうでない場合では、目的とすることに、効率良く到達できるかどうかに大きな差が生じる。つまり、いろいろな知識があるかないかも、その人が日常生活のいろいろな場面で出くわす判断に大きく影響を与えるということになる。自分より年をとっている人、多くの経験を積んだ人は、その経験の中に多くの情報を持っている。人は情報の塊、と考えることもできる。そういう人の経験したことを知るのも有益なことかもしれない。

最近、100歳ぐらいまで生きる人も珍しくなくなってきた。書店には90歳を超えた人の著書が多く並んでいる。作家でも90歳を過ぎてくると、エッセイなどを出版されている人も多い。

これらの本の著者より若い読者は、自分の未経験の年齢の人の経験談や考察を今後の自分の人生の参考にしようと、意識的であろうと、無意識的であろうと、考えているのであろう。もちろん、本自体の面白さに引かれて購入している人もいるのは間違いないが。

『日経新聞』には、長年いろいろな分野の著名人が「私の履歴書」を書いている。60歳から80歳ぐらいまでの人がその人の生きてきた人生を振り返るわけであるが、なにげない著述の中に、人生の大きなヒントが隠れている場合もある。学問・芸術・経済・政治・スポーツ分野のいろいろな人の人生が語られているので、人間や世界を俯瞰するのにも役に立つことが多い。この人は、こういう機会をつかんで大きく成長したのか、などいろいろなことが発見できる。そういう意味で身近な伝記というところである。子供のころに読んだ伝記も人生を知る上で役にたっていたのであろう。

最近はインターネットでいろいろな情報の入手が簡単に行えるようになってきた。それだけに情報を集める主体性が重要になってきている。いろいろな情報が自分を通り抜ける中で、どういう情報を知りたいのか、その情報はどうしたら手に入るのか、その為には何をしなければならないのか、を自問自答する必要がある。情報は取りに行くもの、かってにはなかなかやってこないものである。同時に情報に対する感度も重要になってくる。自分に充分な感度がなければ、重要な情報でもそのまま目の前を通りすぎて行くものでもある。

病気の治療で、手術の必要が出た場合などもそうである。その分野の名医を探す必要がでてくる。インターネットや出版物の情報だけでなく、実際にいくつかの病院を訪問して直接複数の医師と面談したり、最新の治療法を調査したりすることが必要になってくる。体験者の話を聞くのも重要な情報になる。一人や二人の話を鵜呑みにせず、多くの意見の中から自分に合った医師と病院を選んで行くのが重要となる。「医者選びも寿命の内」と言われる所以である。

あとがき

一般にリタイアすると、今までの生活が一変することになる。次の仕事が待っている人や、今まで持ってきた趣味の世界に滑り込むことができる人など、やることがはっきり決まっている人を除いて、どのように自分の生活パターンを作ろうかと苦労している人が多いのではなかろうか。

さまざまな人の定年後を取材し、定年後に待ち受ける現実を明らかにした『定年後』（楠木新、中公新書）という本が２０１７年にベストセラーになった。皆、定年後に、豊かに、そして充実した人生を模索しているのである。確かに、毎日決まった時間に出社し、会社のスケジュールで日々を過ごしてきた人が、急に出社しなくてよくなり、朝から全く自由で、何もやらなくてよい生活に移行するのはギャップが大きいのである。スムーズに定年後に移行する為に50歳ぐらいから準備を開始するのを勧めていたりする。

定年が60歳の会社で一旦退職したが、家にいると女房がうるさいので健康と生活費の為に雇用延長や別企業で80歳まで働いた人がいたとしても、いずれ仕事の無い状態に入るのである。

もちろん100歳まで働ける人もいるだろうが、たいていはどこかで仕事の無い自由な境遇になる可能性が高い。その時の自分なりの時間の使い方、生活の確立が必要となる。考えてみれば、これだけ恵まれた環境はないのである。より積極的に自由を楽しんではどうだろうか。

リタイア後にできた時間で、今まで読めなかった本をゆっくりと読もうと考えている人も多いと思える。読書を中心に、どうすればリタイア後に充実した生活が送れるのだろうか。実際に会社生活を辞めて数年間、自分なりの知的生活を試みて出来上がったのが本書である。リタイア後の自分の生活パターンを作るのにもけっこう時間がかかるものである。その生活パターンの中に長く憧れていた知的生活の部分を滑り込ませたということである。

知的生活と言っても、特別なものではない。通常の日常生活の中に読書と執筆、思索の時間を確保するだけである。毎日、半日ぐらいを充てるのが基本である。いろいろな用事や旅行、趣味のゴルフなどがあれば、無理をせず、知的生活はお休みである。しかし、いかに長期間休んでいても（数カ月間まともな読書ができなくても）、必ず再開する。そうしているうちに、執筆原稿も自然とたまってくることになる。実は、現役の時にも『アメリカの企業とは』（東京図書出版、2007年）という本を出している。この本も、たまたまアメリカで長期間働いた経験をもとに、その都度メモしていた内容をまとめたものである（本になるまでに約10年かかった）。内容は、いかにアメリカ（異文化）の中でスムーズに仕事をするかのノウハウが中心であった。

今回は、リタイアしているので、当然仕事とは関係ない。もともと自分が興味を持っていた対象が中心である。「自分なりの知的生活の実践」「人間とは何かという究極の疑問」「脳が一つの切り口ではないかとの思いで調べた脳科学の現状」「その都度考えた日常生活の知恵」などである。リタイア後の生活の中に読書の時間を作っていこう、と考えている人に参考になれば幸いである。もちろん、私の興味の対象に共感して頂ける人なら、年齢を問わず、それなりのヒントが得られるのかもしれない。

２０１８年９月

松本憲嗣

松本　憲嗣（まつもと　けんじ）

京都大学工学部卒業、同大学院修士課程修了。京都大学工学博士。大手製造会社の役員を９年務めた後にリタイア。現在、ベンチャー企業（株式会社）の会長（アドバイザー）。著書に『アメリカの企業とは』（東京図書出版）がある。

もうー度、知的生活

2018年10月１日　初版第１刷発行

著　者　松本憲嗣
発行者　中田典昭
発行所　東京図書出版
発売元　株式会社 リフレ出版
〒113-0021　東京都文京区本駒込 3-10-4
電話（03)3823-9171　FAX 0120-41-8080
印　刷　株式会社 ブレイン

ISBN978-4-86641-172-9 C0095
Printed in Japan 2018